사유악부 산문선 02

우포늪
나무의 시간들

손남숙 글/사진

사유악부 산문선 02

우포늪 나무의 시간들

The times
of trees
in Upo wetlands

손남숙 글/사진

사유악부

소목나루 아침

우포늪 안개

차
례
—

　내가 한 잎을 좋아하면 그 나무의 모든 잎이 응답한다. 문득 올려다본 가지에 빛나는 한 잎이 있으면 마음을 다해 올려다본다. 나무의 학명과 쓸모를 다 알지 못해도 좋아하는 데에는 아무런 장애가 되지 않으며 좋아할수록 더욱 좋아지는 마법 같은 시간을 보낼 수 있다.

　어느 날 물이 흘러넘쳐 질퍽해진 늪 길을 걷다가 생각했다. 아름다운 새와 나무가 많은 남미나 아프리카에 가고 싶지만, 평생의 꿈으로 남을 확률이 높다. 그렇다면 내가 지금 딛고 선 이 땅의 자연을 살뜰히 돌아보자. 자연에서 더 소중하고 덜 소중한 것이 어디 있나. 지구는 둥글고 모든 것은 연결되어 있으므로 내가 이곳을 아낀다면 저 먼 곳의 자연을 아끼는 것과 같을 것이다. 그러자 매일 보는 새 한 마리, 나무 한 그루가 더욱 사랑스러워졌다.

나는 잘 빠진다. 숲과 나무, 풀잎과 꽃잎, 새와 구름에, 보는 족족 사랑에 빠지고 만다. 늪 가에 기울어진 나무, 빈집 마당에 선 나무, 들판 끝의 나무는 물론이고 한 번도 본 적 없는 나무와도 사랑에 빠진다. 이 책은 나무를 좋아하여 걷고 보고 들었던 이야기, 기억하는 나무 이야기로 채워져 있다. 평범한 나무들의 비범한 삶을 적고 싶었다. 혹여 있을 오류는 짚어주신다면 새로 고치고 배우겠다. 당신으로부터 받은 사랑이 널리, 널리 번져갑니다.

2024 가을 손남숙

우러러
높이
축하할 일

#가래나무 암꽃

우
러
러

높
이
할

축
하
할
일

책을 발간하면 다들 축하의 말을 건넨다. 대개
는 간소하게 '축하합니다.'라고 하지만 예전엔 '시집 상재하심을 축하합니
다'라고들 많이 썼다. 상재上梓는 '가래나무 목판에 올린다'는 뜻으로, 출판
하기 위하여 책을 인쇄에 부치는 것을 이르는 말'이다. 梓가 가래나무 '재'
다. 가래나무 목판에 올린다는 것은 긴 시간 공들여 쓴 원고가 세상에 나
가게 됨을 알리는 것과 같다. 한 땀, 한 땀 쓰고, 지우고 다시 쓰기를 거듭
하여 마침내 이룩한 정성의 결과물이 책으로 만들어진다. 그 책의 씨앗을
데리고 먼 여행길에 오르는 저자의 첫 번째 자리에 가래나무가 놓이는 것
이다. 참으로 기쁘고도 무거운 길이다.

가래나무는 가래나무목 가래나무과 가래나무속에 속하는 자생식물
로, 열매를 반으로 갈랐을 때의 모양이 가래와 닮아서 붙여진 이름이다.
가래는 논밭의 흙을 고르거나 퍼내고 옮길 때, 두둑을 만들 때 사용했다.

지금은 기계식농업을 하는지라 가래를 사용할 일이 거의 없다. 창녕 비봉리 유적은 2003년 태풍 '매미'가 휩쓸고 간 후 복구 공사를 하던 중 발견되었다. 신석기시대 유적지로 우리나라에서는 가장 오래된 소나무 배와 조개껍질, 도토리, 똥 화석과 가래나무 열매가 나와서 관계자들을 놀라게 했다. 농기구 가래는 통일신라시대부터 사용된 것으로 보고 있는데 당시 사람들은 가래 열매를 무엇이라 불렀을지가 궁금하다.

우포늪 전망대 가는 길에도 가래나무가 있다. 4월에는 가래나무 수꽃이 아래로 길게 늘어진다. 진한 녹색의 수꽃들이 아래로 늘어져 있으면 뭔가 야릇하게 희극적이다. 수꽃이 유별나게 긴 것에 비해 암꽃은 무척 작은데 불그레하며 은근히 도도하다. 가을에 가래나무 아래에 가면 떨어진 열매가 꽤 많다. 호두와 달리 가래나무 열매는 주워가는 이가 없다. 은행나무 열매가 그렇듯이 외과피가 지저분하여 만지는 것을 꺼리는 탓도 있을 것이다. 그러나 검은 외과피는 쓱쓱 문대면 쉽게 벗겨진다. 가래나무는 털도 많다. 잎의 앞뒤에 털이 있고 심지어 잎맥과 잎자루에도 털이 빽빽하여 동물이 꺼릴 듯하다. 그럼에도 아랑곳하지 않는 곤충이 있으니 이름마저 호두나무잎벌레다. 가래나무는 털 외에도 곤충에게 먹히지 않기 위해 주글론Juglone과 탄닌Tanin이라는 독 물질을 만들었다. 잎과 나무껍질, 뿌리 등에 저장하여 다른 나무가 가까이 사는 것을 막는데 이것을 '타감작용'이라고 한다. 가래나무가 이웃 없이 홀로 섰거나 가지를 활개 치듯이 넓게 펼치며 자라는 것도 이유가 있었다.

가래나무를 알고 나면 희한하게 가래나무가 잘 보인다. 너른 들 산기

#가래나무 열매

숲에 선 가래나무 열매는 모두 내 차지다. 오래된 초등학교 운동장에도 가래나무가 있어 가끔 찾아간다. 재미난 것은 동네 사람도 가래나무를 모르는 것이었다. 열매를 줍고 있으면 지나가던 사람이 그게 무엇이냐고 묻는다. 아마도 선대로부터 먹을 수 있다는 것을 듣지 못했거나 호두열매에 익숙하여 가래나무는 뒷전이 되었는지도 모른다. 나는 망치를 사용하여 열매를 쪼개는데 선사시대 사람들은 돌을 사용했을 것이다. 반쪽이 된 열매는 틀림없는 가래 모양이다. 가래 열매는 추자楸子라고도 하며 고소한 맛이 지극히 깔끔하다.

가래나무는 사계절 우뚝하게 크고 왠지 모를 꼿꼿함이 느껴진다. 글 쓰는 사람도 홀로 우뚝해야 한다. 한 권의 책을 세상에 내놓기까지 수많은 날을 뒤척이며 자문하고 회의하며 고치고 또 고친다. 책을 낸 후에도 뒤따를 눈총과 비판을 감수해야 한다. 그러나 마음만은 가래나무 열매처럼 단단해져야 한다. 상재上梓에 깃들인 여러 의미를 가래나무에서 배운다.

숲의
향긋한
안내자

#감태나무 단풍

숲의
향긋한
안내자

나는 감태나무를 알지 못하던 때부터 감태나무를 좋아했다. 잎에 향긋한 성분이 있다는 건 손으로 만져봐서 알았다. 잎 하나 따서 주머니에 넣고 다니다가 지친다 싶을 때 비벼서 냄새를 맡으면 이내 기분이 좋아진다. 잎을 만졌던 손가락, 손바닥에서도 내내 향긋함이 풍겨 나온다. 감태나무는 녹나무과 생강나무속이고 녹나무과에 속하는 나무는 대부분 좋은 냄새가 난다. 감태나무는 암수딴그루지만 수꽃은 보기 힘들며 무배생식을 한다고 알려져 있다. 결실과정은 이해할 수 없지만 나무는 예로부터 쓰임이 많았다. 어린잎은 부드러워 나물로 먹고 열매는 향기가 좋아 차와 향료를 만들었다. 잎에는 정유 성분이 있어 염증과 통증을 줄이는 약재가 되고 잘 구부러지는 목재는 소코뚜레, 지팡이, 소쿠리 등을 만들어 사용했다. 남부지방에선 산기슭 어디서나 흔하게 보는 나무지만 생활에 두루 보탬이 되던 나무였다.

21

여름 숲은 녹색이 짙어 그늘도 깊다. 햇빛은 가지 새로 가늘게 비친다. 감태나무 잎에 볼록볼록한 쥐젖 모양의 벌레집이 생기기 시작한다. 점점 커지더니 둥근 공 모양 같아졌다. 벌레집은 신기하게도 감태나무 열매를 닮았다. 열매 자루 긴 것까지 닮아서 감쪽같은데 누구의 솜씨인지 알수가 없다. 이렇게 벌레집이 잔뜩 생겼어도 나무는 별 손상 없이 잘 산다. 열매는 초록색이다가 검게 익는데 윤이 난다. 맛이 좋을 것 같지만 혀가 얼얼할 정도로 쓰다.

눈부시게 빛나는 감태나무 세 그루가 눈앞에 있었다. 너무 아름다워 그 자리에 우뚝 서고 말았다. 늦가을 햇빛과 노을이 앉은 나무는 황홀한 주황색이었다. 나는 감태나무 단풍이 그렇게 아름다울 줄 몰랐다. 빛이 나무를 포획하여 불꽃 덩어리로 끌어올리는 것 같았다. 미묘하게 겹친 색의 층이 너무도 근사했다. 그 순간 이름을 알기 전부터 좋아했던 이 나무는 앞으로 더 좋아질 것 같다는 생각이 들었다. 낙엽활엽수는 제한된 시간을 산다. 낙엽으로 떨구어 잎에 가는 영양통로를 막음으로써 자신을 보호한다. 하지만 낙엽관목인 감태나무 잎은 한겨울에도 떨어지지 않는데 이것을 조위성凋萎性이라고 하며 주로 참나무, 녹나뭇과에 속한 나무들에서 볼 수 있다. 감태나무 잎들이 꼿꼿하게 달려 있어 겨울 산이 황량하지 않다. 그렇다면 마른 잎은 어떨까, 여전히 좋은 냄새가 날까? 궁금하여 빠닥빠닥한 잎을 따서 문질러본다. 설핏한 향이 지나간다. 색은 내주었어도 향은 지니고 있으니 역시 감태나무다. 사랑도 그렇지 않았나. 환멸과 상처가 진창처럼 달라붙어도 끝내 버릴 수 없었던 마음 한 조각은 남는다. 한겨울

#감태나무 열매

에도 잎을 달고 있는 감태나무 마음이 내 마음이다.

작고
못생겼다니
누가 그래요?

The times of trees in Upo wetlands

#개암나무 암꽃과 수꽃

작고
못생겼다니
누가 그래요?

　　입춘 지나서 날이 푹하면 벌써 개암나무꽃이 피기 시작한다. 잎보다 먼저 피는 수꽃은 늘어진 이삭 모양이고 암꽃은 진홍색 술이 가지 끝에 조그맣게 나와 있다. 줄기는 가늘고 휘우듬하게 한 다발로 묶은 듯이 자란다. 새 가지에 나는 잎과 잎자루에는 털이 많다. 어린잎에는 자주색 핏자국 같은 무늬가 생기는데 잎을 먹으려는 잠정적인 적들에게 날리는 경고다. 자줏빛 무늬는 잎이 커지면서 사라진다. 어른 손바닥만 한 잎은 끝이 뾰족하여 창끝처럼 보이는데 이것 역시 눈독 들이지 말라는 으름장 같아서 재미있다.

　　흔히 원본보다 못하거나 부족한 식물에 '개'를 붙여 '참'과 구분한다. 개암나무는 접두사 '개'와 '밤'(栗)과 '나무'(木)로 이루어진 합성어다. 밤나무를 닮았으나 그보다는 못하다는 뜻이다. 개암나무 열매가 작은 밤톨 같긴 하지만 못생기진 않았다. 총포가 무척 아름다워 다른 나무와 다른 멋을

27

뽐낸다. 총포總苞란 잎이 변한 것으로, 식물의 꽃대의 끝에서 꽃의 밑동을 싸고 있는 비늘 모양의 조각을 말한다. 개암나무 총포는 블라우스나 드레스에 덧대는 프릴 같이 하늘하늘하고 사랑스럽다. 잎 하나가 유난히 커서 뒤집었더니 흰색 벌레들이 오글오글하다. 요사이 미국흰불나방과 더불어 악명을 떨치고 있는 미국선녀벌레다. 활엽수에 집단 기생하며 수액을 빨아먹는 해충으로 나무를 시름시름 말라 죽게 한다. 뒷산 활엽수가 잘 견디어낼지 걱정이다.

9월이면 벌써 개암나무 열매는 다 털리고 없다. 나무 아래엔 껍질이 여기저기 흩어져 있다. 누가 먹었을까? 하긴 고소한 맛은 누구라도 참기 힘들었을 거다. 개암나무와 달리 참개암나무는 여러 면에서 다르다. 유사한 나무와 구별하기 위해 앞에 '참'이 앞에 붙는다. 개암나무 잎은 잎자루에서부터 넓적하게 올라와 끝이 뾰족하다면 참개암나무 잎은 잎자루에서 둥그스름하게 시작하여 끝이 뾰족해진다. 잎을 만지면 거칠거칠하다. 특이한 건 기다란 병 모양의 열매다. 한글 자음의 시옷 같기도, 엄지와 검지를 벌린 것도 같아서 재미있다.

개암나무 열매는 은행알처럼 작고 한쪽이 납작하여 똑바로 서지 않는다. 모서리가 있어 잘 굴러가지 않고 조금 가다가 멈춘다. 차마 걸음이 떨어지지 않는 자식과 보내기 싫어하는 어미 같아서 웃음이 났다. 요새는 못난 과일이 없다. 배와 복숭아는 손에 쥘 수도 없이 커졌다. 호두는 대량 생산된다. 그러나 개암나무는 앞산 뒷산 산기슭 어디서나 잘 자란다. 상품성이 없는 나무는 숲에 남는다. 연구과제가 되지 않았고 사람들이 캐가지 않

#개암나무 열매

앉고 정원과 과수원에 심기지도 않는다. 사람들에게 인기가 없어 오히려
정체성을 보장받았고 뒷산을 지키는 나무가 되었다.

국수나무

짭짜름한
유년의 맛

The times of trees in Upo wetlands

#국수나무 꽃

짭짜름한 유년의 맛

　　봄이 오면 쌀독은 비어가고 들판의 밀과 보리는 누르스름하게 익어간다. 아이들은 밀밭에 들어가 아직 풋내 나는 밀을 꺾어다 불에 살랐다. 마른풀에 지핀 불은 풋석 꺼지기 일쑤지만 밀대궁을 돌려가며 재빨리 익힌 다음 손바닥으로 비빈다. 불내와 탄내를 입은 밀알은 말랑말랑하고 따뜻하며 쫀득한 식감이 있다. 매 끼니 챙겨 먹기 힘들었던 시절의 밀 서리였다.

　　동네 끝자락에 있던 정미소는 제분도 겸하고 있었는데 밀가루는 물론 국수도 뽑았다. 아이들은 놀다가 허기가 지면 정미소 주위를 맴돌았다. 장대에 줄줄이 늘어놓은 국수를 끊어먹으려고. 갓 뽑은 국수는 꾸덕꾸덕하고 마르면 과자같이 똑똑 분질러진다. 게다가 짭짜름하게 간이 배어있어 맛도 좋았다. 아이들은 주인 몰래 포복 걸음으로 국수 다발 쪽으로 숨어 들어 가 등을 땅바닥에 대고 눕는다. 그러고는 입만 대고 국수 가닥을 똑,

33

똑, 끊어 먹었다. 한 곳만 먹으면 표가 나니까 몸을 돌려가며 길이를 맞춰 뜯어먹었다. 짠맛 뒤에 남는 고소함은 묘하게 중독성이 있었고 국수 한 그릇 먹은 듯한 포만감이 있었다. 가끔 국수 주인에게 들키기도 했는데 야단치는 어른도 있었지만 못 본 척해주는 어른이 많았다.

장미과의 갈잎떨기나무인 국수나무는 산기슭, 산 아래 빈터에서 흔하게 볼 수 있다. 줄기를 자르면 속에 든 하얀 심 같은 것이 국수 가락 같다고 해서 국수나무가 되었다. 자잘하게 모인 꽃송이는 담방하게 차려낸 국수 다발 같다. 꽃을 따서 입에 넣어보았다. 향은 없고 무미하다. 길게 뻗은 수술 위로 벌과 노린재들이 달려든다. 노르스름하니 맛있는가보다. 열매는 작은 콩 사탕 같다. 열매를 둘러싼 싸개가 단단하다. 잎은 까끌까끌하고 잔가시 많은 가지는 손을 대기가 주저된다. 장미과에 속한 나무임을 여실히 보여준다. 지금이야 가려 말하지만, 예전엔 결혼하지 않은 남녀를 보면 으레 언제 '국수'를 먹여줄 것인지를 물었다. 잔치국수의 유래는 축하하는 자리에서 다 같이 국수를 먹으며 결속력을 다지고 국수처럼 길고 오래 살라는 의미가 담겨 있다. 그러나 결혼에 대한 생각이 다양해진 요즘은 국수 운운하는 것 자체를 결례로 생각한다.

국수는 끼니로도 먹고, 별미로도 먹고, 새참으로도 먹는다. 면의 굵기와 육수, 만드는 방법에 따라 맛이 달라진다. 엄마는 텃밭에서 나는 채소와 같이 국수를 삶았다. 부추가 나올 땐 부추가, 양파와 호박이 나올 땐 숭숭 썬 양파와 호박이 들어갔다. 삶은 국수를 찬물에 바락바락 씻은 다음 멸치 장국을 끼얹었다. 오이는 가늘게 채를 썰어서 고명으로 얹었다. 어릴

#섬국수나무 꽃

때 먹던 국수에선 언제나 멸치 장국 냄새와 오이 냄새가 났다. 여름날 저녁, 매미는 요란하게 울고 온 가족이 평상에 둘러앉아 서로의 젓가락질 소리를 들으며 후루룩 들이켜던 국수의 맛을 어디에 비할까. 기억이 입안에서 소용돌이친다.

꽝꽝나무

작은 새가
숨어있기
좋은 나무

The times of trees in Upo wetlands

#꽝꽝나무 꽃

작은 새가 숨어있기 좋은 나무

　　5월과 6월은 새끼 키우는 새들에겐 무척 바쁘고 힘든 달이다. 부모는 새끼에게 줄 먹이를 구하고 잘 키워서 내보내야 한다. 새의 새끼가 자라 둥지를 떠나는 것을 이소離巢라고 한다. 새끼에겐 생애 첫 도전이고 세상으로 나가는 첫 관문이라 두렵고 무섭다. 선뜻 나서지 못하는 새끼를 보며 부모는 애가 탄다. 먹이를 물고 새끼를 부르며 나오라고 독촉한다. 망설이던 새끼가 용기 내 날아오르자 이어 차례로 날갯짓하며 나온다. 새끼들이 당장 사냥할 수 있는 건 아니어서 부모는 2, 3주가량 새끼에게 먹이를 가져다주고 교육한다. 깃털도 부숭한 데다 왠지 굼뜨고 눈치를 보지 않는 새끼는 포식자의 눈에 들기 쉽다. 갑자기 딱새 암컷이 날개를 좍 펼치며 길을 막는다. 날개로 바닥을 치듯이 퍼덕이며 내 눈길을 끌어보려고 한다. 나는 경계하며 몰아내려는 동작이 근처에 둥지가 있는 것 같았다. 새의 날갯짓이 처량할 정도로 다급하여 돌아서는 순간 딱새 암컷이 재빨리 꽝꽝나무 속으로 들어갔다. 꽝꽝나무는 조밀한 가지에 잎이 빽빽하여 새가 들어가면 잘 보이지 않는다. 딱새와 같은 작은 텃새들은 주변의 관목을 잘 이용한다.

감탕나뭇과인 상록활엽관목인 꽝꽝나무는 공원이나 정원 울타리로 많이 심는다. 납작하고 두꺼운 잎은 윤이 나며 나무를 불에 태우면 꽝꽝 소리가 난다고 해서 이름도 꽝꽝나무다. 암수딴그루로 5, 6월에 꽃이 피는데 암꽃은 1~2개씩 달리고 수꽃은 2~6개씩 모여나기에 가지에 조롱조롱 맺힌 것 같다. 이렇게 작고 귀여운 꽃이 피어도 사람들은 잘 모른다. 연한 노란색 꽃이 잎의 색과 별 차이가 없어 보이기 때문이다. 그렇지만 벌들은 광고하지 않아도 쉴 새 없이 찾아온다. 큼직한 꿀통을 달고서도 연신 꿀 빠느라 정신이 없다. 암끝검은표범나비도 꽝꽝나무에서 종종 짝짓기한다. 여름날은 뜨겁고 풀은 파삭파삭 말라간다. 갑자기 수컷 한 마리가 날아와 날개를 부딪치며 둘을 떼어놓으려고 한다. 훼방꾼이 등장하자 수컷은 더욱 암컷에게 밀착하고 꽝꽝나무는 둘의 사랑을 힘껏 지지해 준다.

꽝꽝나무 열매는 초록색이다가 검게 익는다. 남부지방은 겨울에도 눈이 거의 내리지 않고 조금 내리다 마는 경우가 많다. 어쩌다 내린 눈도 금방 녹는데 꽝꽝나무 잎에 얹힌 눈은 꽤 오래 간다. 작은 잎들이 흰 눈을 머금고 있는 모습이 귀엽고 사랑스럽다. 그러다 눈이 녹으면 손톱처럼 조그마한 잎들이 샐긋하게 색을 드러낸다. 햇빛 받는 윗부분부터 녹을 것 같지만 눈은 바람이 드나드는 아래쪽에서부터 녹는다. 밑에서부터 차근차근 올라가며 녹는 눈은 마치 나무가 눈을 아껴가며 녹여 먹는 것 같다. 눈은

#꽝꽝나무 열매

물방울로 변하고 눈물이 된다. 눈이 녹은 물이니까 눈물이다. 잎에서 물이 툭 떨어진다. 물은 땅과 나무에 스미고 새는 사철 푸른 잎 속에 숨는다. 먹이 물고 둥지로 가던 새가 별안간 놀라 숨는 곳, 딱새 새끼가 세상에 막 나와 겁이 나서 들어가는 곳, 참새들이 쨱쨱대며 들락날락하는 곳도 꽝꽝나무다. 나무와 새들이 서로를 위해 피고 진다.

나무 아파트

후투티는
6층에 살았다

The times of trees in Upo wetlands

#나무 아파트

후투티는 6층에 살았다

　산기슭에 몸통이 굵은 나무 두 그루가 서 있었다. 껍질이 벗겨지고 매끈한 줄기에 가지만 비죽비죽 나와 무슨 나무인지는 알 수 없었다. 우연히 그 앞을 지나다가 후투티가 먹이 물고 느린 날갯짓을 하며 구멍으로 들어가는 것을 보았다. 나무엔 크고 작은 구멍이 많았는데 세어보니 모두 9개였다. 어떤 것은 옹색하게 작았고 어떤 것은 입구가 너부죽하여 사용한 흔적이 있었다. 차례로 올라간 구멍들이 마치 나무 아파트 같았다. 딱따구리의 뇌는 나무를 쪼아도 손상되지 않는 특별한 구조로 되어 있어 구멍을 잘 뚫고 둥지는 다른 새들이 재사용한다. 후투티는 6층에 살았다. 밑에서 여섯 번째 구멍이었다. 딱따구리도 어렴히 알아서 그랬겠지만, 아파트 위치가 좋았다. 앞이 탁 트였고 들판과 늪이 있어 먹이 구하기 좋은 환경이었다.

　후투티는 여름 철새지만, 남부지방에선 사계절 관찰되고 날개에 흑백

45

줄무늬가 있어 날아갈 때면 팔랑팔랑하는 느낌이 있다. 번식은 나무구멍 외에도 바위틈, 허름한 주택이나 창고 지붕 틈새도 이용한다. 끝이 휘어진 긴 부리로 땅을 쿡쿡 찔러가며 찾는데 이상한 낌새가 느껴지면 목을 곧추세우고 경계한다. 이때 머리 깃이 쭈뼛해지는데 이 모양이 인디언 추장의 머리 장식과 닮았다고 하여 '추장새'라는 별명이 있다. 중국에서는 후투티 둥지가 깨끗하지 않고 냄새가 지독하다고 하여 '냄새나는 여자'로 불린다고 한다. 새끼 키울 때 포식자에게 들킬까 봐 새끼의 배설물을 먹어버리는 어미가 있는가 하면 후투티처럼 도리어 역한 냄새를 풍겨 접근을 막는 새도 있다. 어미는 종일 먹이를 찾고 가져다주느라고 깃털이 꾀죄죄하다. 후투티는 둥지도 더러운 데다 기름샘에서 나오는 분비물까지 합해져서 더 후줄근하다. 하지만 후투티의 남다른 육아법을 누가 뭐랄 것인가. 새끼만 잘 키울 수 있다면 부모는 냄새와 더러움 따위 얼마든지 감수할 것이다.

갑자기 둥지 근처로 낙하하듯이 날아가는 새가 있었다. 여름 철새 맹금인 붉은배새매였다. 후투티 둥지에서 무슨 일이 일어난 것 같은데 자세한 상황은 알 수가 없었다. 잠시 후 후투티가 돌아왔는데 꾸욱 꾸욱 이상한 소리를 냈다. 쌍안경으로 살펴보니 붉은배새매는 소나무에 앉아 후투티 새끼를 물어뜯고 있었다. 새끼 잃은 후투티가 안 됐지만 맹금도 먹고 살아야 한다. 후투티는 얼마나 놀랐을까? 둥지에 남은 새끼는 몇 마리일까? 사정을 알 수 없으니 답답했다. 저녁까지 지켜보다가 돌아섰다. 다음 날 둥지 앞은 휑했다. 아무리 기다려도 후투티가 오지 않아 별별 생각이 다 들었다. 설마 새끼를 다 잃은 건 아니겠지? 내내 기다리다가 돌아섰다.

#후투티

그다음 날은 산기슭을 올라가 둥지가 잘 보이는 곳에 자리를 잡았다. 한참 후에 먹이를 물고 둥지로 날아가는 후투티가 보였다. 아직 남은 새끼가 있다는 말이었다. 부디 남은 새끼는 잃지 말고 무사히 잘 키우기를 바랐다. 9층 나무아파트에 후투티만 입주한 것이 이상하다고 생각했는데 어쩌면 그 숲에 강력한 포식자가 있어, 한번 당한 새들은 다시는 오지 않아서 빈 구멍으로 남았을지도 모른다는 생각이 들었다. 결코 안전한 둥지가 아니었다. 새끼들이 이소하는 것까지 보고 싶었지만 자주 들락날락하는 것도 새에게 방해가 될 것 같아서 조용히 돌아섰다. 다시는 그곳에 가지 않았다.

남매

진짜야
그건

The times of trees in Upo wetlands

#납매

진짜야 그건

봄의 전령사로 꼽는 식물이 한둘이 아닙니다.
복수초가 피면 다들 봄이 왔다고 수선스레 전하지만 납매도 못지않아요.
납매는 받침꽃과의 낙엽교목으로 1, 2월에 잎이 나오기 전에 봉긋한 꽃망
울을 맺어요. 그다음 얼비치듯이 꽃이 피는데 묽은 노란색이에요. 꽃잎은
처연히 얇아요. 향기는 아찔하도록 고혹적입니다. 설핏한 향기가 아니라
손에, 눈에 담으면 종일 따라다닐 마성의 향기지요. 꽃봉오리는 땡땡한 느
낌입니다. 마음 설레지만 쉽게 보이지는 않으리라 꼭 붙들어 맨 짝사랑 같
아요. 조심스레 밖의 기미를 살핍니다. 몰라주면 어쩌나, 이렇게 홀리고
있는데 알아주지 않으면 어쩌나, 하고 두리번거리는 눈입니다. 사람은 꽃
을 본다고 말하지만, 사실은 꽃이 사람을 보지요. 자신을 보게 하려고 가
까이 다가오게 했어요. 납매꽃에 얼굴을 가까이 대보지 않은 사람이 어디
있겠어요?

납매를 보고 있으면

눈에서 봄이 새어 나와 다른 이의 눈에도 따뜻하게 넣어주고
싶은 마음이 생기지

내 눈을 바라본 사람이 이렇게 말해준다면 더 좋을 거야

눈에서 향기가 나네

또 이렇게 말해준다면

따뜻한 봄의 향기야

더없이 찡하게 향기로워서 문득 눈을 들어 고마워요, 사랑하게
될 것 같아요, 말하게 되는 것도

이건 정말 기꺼이 홀리고 마는 것

떠나기 싫었지

너무 이르게 핀 꽃은 되바라진 겉멋이 있다고 너는 외면했지만

올해도 납매가 피었어

이건 향기가 먼저야

서늘하게 다 보이는 노란색

이미 다 주었던 마음

그건 겉멋이 아니라 진짜야

납매는 '섣달 납臘, 매화나무 매梅'로, '섣달에 피는 매화'를 뜻해요. 조
선시대 『본초강목』에 매화와 같은 시기에 꽃이 피고 향기도 매화향이 같으

#납매 새순

나 색은 밀랍蜜蠟과 비슷하다 하여 납매라고 하였다지요. 세계적으로 2속 7종이 있으나 자생지가 많지 않아 국제자연보호연맹IUCN에서 지정한 멸종 위기종입니다. 납매를 볼 때 귀한 마음을 가져야겠어요.

　납매는 긴 겨울의 끝자락과 이른 봄 사이를 잇는 가교역할을 하지요. 한겨울 기차역에서 누군가를 기다려본 사람은 알 겁니다. 추워서 입술이 파래져요. 지금과 같이 무시로 연락할 수 있는 장치가 없었던 때라 마냥 기다릴 수밖에요. 어디쯤 오고 있는지, 혹시 약속을 잊은 건 아닌지 별별 생각이 들고 버스가 설 때마다 돌아보지요. 공중전화가 있지만 걸 수도 없어요. 벌써 집을 나섰을지도 모르니까요. 속이 타요. 초조함, 바람맞을지도 모른다는 불안감이 몰려와요. 걱정과 불안으로 입술이 푸르둥하게 변해갑니다. 푸르둥한 것은 원래의 색을 잃어가는 것이죠. 납매도 그러하답니다. 봄을 빨리 가져다 쓰려니 피가 제대로 돌지 않아요. 푸르스름하게 언 꽃을 누가 좋아할까요? 납매는 생각했겠지요. 누구라도 한번 맡으면 잊을 수 없는 향기를 만들자. 납매의 전략은 분명합니다. 기다리게 하지 말자, 한겨울의 아름다운 봄꽃이 되자. 그랬더니 벌이 들어와 나갈 줄을 몰라요.

　납매 열매는 참 희한하게 생겼어요. 달걀 같다고들 하지만 제 눈엔 조금 길쭉한 미더덕 같아요. 이런 열매를 위과僞果라 하고 꽃받침 등이 생장해서 생긴다고 합니다. 바다에서 나는 미더덕은 해물찜이나 된장찌개에 많이들 넣지요. 짭조름하고 시원한 맛이 나고요. 납매 열매는 시원하지 않고 꽉 닫힌 모양입니다. 어찌나 단단한지 쉽게 속을 열지 않아요. 마음 다해 좋아한 것을 끝내 모르게 할 수도 있지요. 모든 것을 알고 살란 법은 없습니다. 어렴풋이 지나간대도 슬플 일은 아니지요. 그런 비밀스러운 일 하나쯤은 누구나 품고 있으니까요. 야문 열매도 무심히 제 속을 열 때가 있지요. 별스럽게 간직했던 기억도 어느 순간 툭, 떨어질 겁니다.

노각나무

우아하게
헤어질 결심

The times of trees in Upo wetlands

#노각나무 수피

우아하게
헤어질 결심

숲으로 가는 길은 기대와 설렘이 넘친다. 몰랐던 나무는 어찌 그리 많으며 무심히 넘겼던 나무가 이토록 아름다웠나, 새삼 놀라워 다시 본다. 숲속에서 노각나무를 본다면 누구라도 그럴 것이다. 노각나무는 사슴뿔처럼 보드랍고 황금빛을 가진 아름다운 수피라는 뜻에서 녹각鹿角나무라고 하다가 발음이 쉬운 노각나무가 되었다는 이름 유래와 나무줄기가 백로나 해오라기 다리처럼 미끈하다고 하여 '해오라기의 다리'를 의미하는 한자 '노각鷺脚'에서 유래했다고도 한다. 동물의 아름다운 특징을 나무가 가졌으니 어디 비할 바 없이 돋보인다. 백로과 새들은 부리가 길고 뾰족하여 물고기 사냥을 잘한다. 해오라기는 목을 웅크리고 있다가 물고기가 보이면 잽싸게 낚아챈다. 중대백로는 예전엔 여름 철새였지만 지금은 사계절 사는 새로 번식기가 되면 장식깃이 아름답고 우아하다. 긴 다리로 성큼성큼 걷고 먹이 사냥을 할 땐 물속을 골똘히 들여다본다. 노각나무 줄기도 새의 다리처럼 미끈하고 우아하다. 노각나무는 수피가 아름답다 보니 비단결같이 부드럽고 아름답다는 뜻으로 '비단나무'라고도 한다. 학명은 Stewartia koreana NAKAI로 'koreana'가 들어간 우리나라 토종나무다.

새순은 부드러운 털이 있고 꽃받침과 열매껍질에도 털이 있다. 꽃은 여름에 피는데 화사한 흰색이다. 향기가 무척 좋고 고상한 느낌이 든다. 잎은 타원형이나 넓은 타원형으로 가장자리에 물결 모양의 톱니가 있다. 비단결 같은 수피와 비단처럼 부드러운 꽃잎에 비해 열매는 특이하게 다섯 개의 뿔이 있는 모양이다. 딱딱하게 검어진 열매를 손바닥에 올려놓고 바라본다. 어찌나 야문지 속을 열 수가 없다. 이런 열매를 삭과蒴果라고 하며 열매 속이 여러 칸으로 나뉘어졌고, 칸칸에 많은 종자가 들어 있다.

여름 숲은 초록 요새다. 나무 사이로 청색 깃털이 얼핏 걸쳐졌다가 사라진다. 어치다. 숲에서 흔히 보는 새로 몸은 통통하고 부리는 짧고 두툼하다. 나는 잘 보는 사람이다. 자연에서만은 유난히 잘 듣고 잘 보는 능력이 생긴다. 쇠딱따구리가 가지를 뱅글뱅글 돌며 나무를 쫀다. 나는 잘 듣는 사람이다. 한참 새의 묘기 같은 움직임을 본다. 나무도 계절이 바뀔 때마다 멋진 묘기를 보인다. 서 있는 그 자리에서 얼마든지 멋진 꽃과 열매를 다채롭게 보여준다. 매순간이 살아있는 묘기다. 묘기의 행적은 떨어진 꽃에서 볼 수 있다. 노각나무 꽃은 땅에 닿은 후에도 모양이 틀어지지 않고 색도 바라지 않는다. 땅바닥을 장식한 듯이 봉긋하게 올라온 꽃은 마치 떠나온 가지를 담담히 올려다보는 듯하다. 담담하다는 것이 고결함의 또

#노각나무 꽃

다른 말이 될 수도 있음을 노각나무에서 본다. 꽃의 마지막도 수피처럼 우아하구나. 나도 이상하게 얽매이던 것들과 우아하게 헤어질 결심이 선다.

녹나무 —

만약
나무 향기 지도를
만든다면

The times of trees in Upo wetlands

#녹나무

만약 나무향기 지도를 만든다면

       어느 해 봄밤에 애니메이션 〈이웃집 토토로〉를 보았다. 1988년에 나온 것으로 유명한 미야자키 하야오 감독의 작품이다. 도시에서 시골로 이사 온 가족이 유쾌하고 즐겁게 자연과 더불어 살아가는 이야기가 거대한 녹나무를 배경으로 펼쳐진다. 언니 츠와키는 침착하고 영리하며 동생 메이는 발랄하고 모험심이 강하다. 어느 날 메이는 숲속에 살고 있는 신비로운 생명체인 '토토로'를 만나 엉뚱하고 기발한 모험을 한다. 메이가 토토로를 만나러 가는 길, 자연으로 이끌려 들어가는 통로가 바로 커다란 녹나무다. 영화 속 녹나무를 보며 언젠가는 나도 내 눈으로 직접 보고 싶다고 생각을 했다. 그러나 아쉽게도 녹나무는 우리나라 내륙에선 보기 힘들고 제주와 남부지방 해안에서 볼 수 있다.

       녹나무는 키 40~50미터까지, 줄기는 15미터가 넘을 정도로 크게 자라는데 열대와 아열대기후에 잘 자란다. 재질이 치밀하고 장뇌 성분이 있어 목재가 썩는 것을 막고 벌레가 먹지 않아 예로부터 배 만드는 재료로 사용되었다. 1991년 진도 벽파리라는 옛 항구 갯벌에서 길이 19미터, 중앙 지름이 2.3미터에 이르는 녹나무 배가 발굴되었는데 송나라, 원나라 시대의 중국 통나무배라고 한다. 2004년 경남 창녕군 송현동 제7호분에서 출토된 목관도 녹나무로 만든 것이다. 무덤의 주인이 평소에 타고 다니던 배를 재활용했다는 근거는 관의 모양이 배의 밑바닥처럼 생겼기 때문이다. 일본에서 수입된 것으로 보는 주장도 있었지만, 그에 대한 기록은 없고 원나라에서 황제의 용상을 만들기 위해 녹나무를 요구하였다고 한다. 그럼 어떻게 하여 경남 창녕 땅에서 녹나무로 만든 목관이 출토되었을까? 현재 설득력 있는 주장으로는 제주도에서 녹나무를 들여왔으리라는 것이다.

모처럼 제주에 갈 일이 생기면 마음이 들뜬다. 드디어 보고 싶은 나무를 직접 본다는 생각에서다. 까마귀쪽나무, 생달나무, 센달나무, 돈나무, 합다리나무, 육박나무, 콩짜개덩굴, 모새나무, 구실잣밤나무 등. 낯선 나무를 볼 때마다 이름 알아내기에 바쁘다. 녹나무를 처음 만나던 날은 는개가 내리는 밤이었다. 밤의 천지연폭포로 안내한 이는 현지인이었다. 제주에서 나고 자란 사람답게 나무 대하는 태도도 달랐다. 그는 우리에게 눈을 감으라고 한 후에 녹나무 잎을 비벼서 향기를 맡아보라고 했다. 놀라워라, 이게 나무가 만든 향기라니. 여기저기서 감탄이 터져 나왔다. 밤의 폭포 소리와 녹나무 향기에 취해 시간 가는 줄 몰랐다. 그리고 다음날 드디어 고대하던 제주 도순면 자생지를 갔다. 녹나무와 까마귀쪽나무가 어우러진

#녹나무 열매

숲은 너무도 근사했다. 메이가 토토로 만나러 가는 숲을 떠올리게 해서 나도 만약 이 숲을 매일 드나든다면 토토로 같은 상상의 친구를 만들어낼 것도 같았다. 녹나무는 쓰임이 많아 가지와 뿌리 등을 증류하여 얻은 결정체인 장뇌樟腦는 향료와 방충제, 강심제 원료로 사용되며 물파스 냄새로도 쓰인다. 또 향기는 우울증 환자를 치료하는 데도 쓰인다고 하는데 내가 녹나무 향기에 중독되어 계속 잎을 코에 댔던 것도 이유가 있었던 것 같다. 자생지에 간 때가 12월이었는데 열매는 거의 다 떨어지고 서너 개가 남아 있었다. 둥글고 까맸다. 맛은 의외로 심심하여 녹나무가 잎에다 향기를 몰아주느라 열매는 돌보지 못했나보다, 농담하며 웃었다. 거듭 문지를수록 짙어지는 향기처럼 사람 사이도 오래될수록 깊어진다면 녹나무 우정이라고 붙이고 싶다. 세상에 좋은 향기 가진 나무들이 많다. 그 나무들 향기를 표기한 책이나 지도가 나와도 좋겠다. 나무 향기 지도랄까. 향기 찾아 떠나는 여행도 만들어봄직하다.

담쟁이덩굴

자연의
예술가

The times of trees in Upo wetlands

#담쟁이덩굴 단풍

예 자
술 연
가 의

　　담쟁이덩굴은 디자이너다. 연초록 잎이 나오
는 봄에는 다소 엉성한 띠를 이어가다가 여름이면 벽 전체를 엮기 시작한
다. 넓은 달걀 모양의 잎은 파도타기 하듯이 바람에 흔들린다. 들썩이는
잎들이 마치 캉캉을 추는 무용수 같다. 초여름에 피는 자잘한 꽃은 잎에
가려져 잘 보이지 않지만, 땅바닥을 보면 연녹색 수술이 떨어져 푸르스름
하다. 가을엔 물든 잎들이 벽을 수놓는다. 어떤 화가가 이런 입체적인 그
림을 그릴 수 있을까. 겨울엔 담쟁이덩굴이 지나간 흔적이 벽에 남는다.
덩굴손 흡반으로 마치 작고 귀여운 동물의 발자국 같다. 오 헨리의 유명한
단편소설 『마지막 잎새』에 담쟁이덩굴이 나오는데, 벽에 붙은 잎 하나가
죽어가는 여인의 슬픔을 대변한다. 그러나 그 잎은 진짜가 아니라 같은 집
에서 사는 노화가가 그린 것으로 비바람에도 끄떡 않고 견디어내는 한 잎
처럼 여인도 삶에 대한 희망을 잃지 않기를 바라는 마음이 담긴 것이었다.

실제로 담쟁이덩굴은 이름처럼 담을 잘 타고 생명력이 강하다.

봄과 여름에 담쟁이덩굴의 너펄너펄한 잎 앞에서 참새, 박새가 마치 벌새처럼 공중에 떠서 날갯짓한다. 뭘 보고 저러나, 궁금했는데 뒷노랑얼룩나방, 실줄알락나방, 열점박이별잎벌레 같은 곤충 애벌레가 그즈음에 활동을 많이 한다. 숨은 애벌레를 집아가려고 열심히 날개를 움직였던 것이다. 담쟁이덩굴 초록색 열매는 뾰족하게 시작하여 점차 흑자색으로 익어간다. 껍질을 벗기면 그 안에 네 개의 종자가 붙어 있다. 겹겹의 잎 사이로 참새들이 팔짝팔짝 들어갔다 나온다. 거미는 담쟁이덩굴을 지지대 삼아 거미줄을 치고, 새들은 거미줄에 걸린 먹이는 물론 거미도 먹는다. 겨울이 되면 열매는 쪼글쪼글 마르는데 그때도 새들은 담쟁이덩굴 앞을 곳간처럼 들락날락한다.

'쟁이'는 어떤 분야든지 기술적인 완성도와 예술적인 성취가 뛰어난 사람을 이르는 말이다. 장인匠人 보다 쟁이가 끌리는 이유는 괜한 위세와 위엄으로 아랫사람을 누르지 않을 것 같기 때문이다. 담쟁이덩굴도 빈집의 허랑함을 계절마다 다르게 꾸미니 '쟁이'라는 이름이 퍽 어울린다. 봄날의 경쾌한 잎들의 춤, 가을에 물든 잎들이 선보이는 주황색 물결도 담쟁이덩굴이니까 가능한 솜씨다. 허전한 담벼락을 활기차게 꾸미고 새들의 양식을 만드는 자연의 예술가가 되었다.

#담쟁이덩굴 흡반

대팻집나무

홀려서
정신없이
따라갔지

The times of trees in Upo wetlands

#대팻집나무

홀려서 정신없이 따라갔지

늦가을 억새 보려고 산에 올랐다가 조난할 뻔한 일이 있었다. 평일인 데다 산행하는 사람도 거의 없었다. 창녕 화왕산火旺山은 불의 산이라 일컬어지며 정상부에 너르게 펼쳐지는 억새군락이 아름답지만, 돌이 많고 지형이 험하다. 한참을 헉헉대며 오르는데, 눈앞에 빨간 열매 달린 나무가 보였다. 마른 가지에 총총히 붙은 열매가 비현실적으로 예뻤다. 그런데 조금 올라가니 또 다른 나무, 더 예쁘고 매혹적인 빨강 열매가 있었다. 나무를 쫓아 올라가느라고 길을 벗어난 줄도 몰랐다. 정신을 차리고 보니 그 숲에 나 혼자뿐이었다. 뒤를 돌아보니 다리가 후들거릴 정도로 가팔랐다. 겁이 나서 그대로 주저앉고 말았다. 열매를 볼 땐 너무도 신이 났었다. 카메라를 번쩍 들고 진달래와 철쭉 같은 관목을 움켜쥐며 더 좋은 사진, 더 멋진 열매만 생각했다. 그날 나를 홀린 나무가 바로 대팻집나무였다. 정신을 차리고 지인에게 도움을 청했더니 그는 정상에 가 있을 테니 천천히 올라오라고 했다. 지금 넋이 나간 상태로 내려가면 더 위험하다는 것이었다. 지인의 조언대로 올라가려 했지만 길이 보이지 않았다. 순간 눈에 들어온 것이 소나무 재선충방제단이 작업하고 표시한 자국과 벤 나무를 쌓아둔 녹색 덮개였다. 그곳이라면 사람이 다닌 흔적이 있을 것이었다. 녹색 덮개를 표지로 삼고 한참 올라갔더니 두런두런하는 사람 소리가 들렸다. 그제야 벌벌 떨리던 가슴도 진정되었다. 한달음에 와준 지인이 정말 고마웠다. 초겨울 숲에서 오싹한 공포를 경험한 탓인지 대팻집나무는 별스럽게 기억에 남았다.

늦가을 산에 올랐다가 빨간 열매에 홀려 길을 잃었지
정신없이 따라갔더니 낭떠러지
산철쭉 머리채 쥐어뜯으며 오르고 또 올랐지
너무 예뻐 돌아서면 더 예쁜 열매가
어떻게 될 줄도 모르고
해 지는 줄도 모르고
정신을 차리고 보니 적막한 숲에 혼자 있었지
벌벌 떨며 사람을 기다리던 시간
공포와 불안감 속에서도 놓을 수 없었던 카메라
끝없이 나를 유혹하던 나무
바로 대팻집나무

다음 해 또 만났지

겨울에서 봄으로 건너온 나무의 시절

어떤 꽃을 피울지 궁금해

가지에 조그마하게 다닥다닥 붙은 노란색

이렇게 작은 꽃이 그렇게 예쁜 빨강이 되는구나

겹친 잎을 들추지 않으면 볼 수 없는 꽃봉오리들

저를 살뜰히 아끼니

어떤 나무보다 단단하고 치밀해졌는지 몰라

괜히 대팻집나무가 되었을까

세상 어떤 나무와 만나도 밀리지 않을 힘이 있어야

대패의 집이 될 수 있는 거지

대팻집나무는 습기에 강하고 뒤틀림이 없어 대팻집으로 만들어졌기에 이름도 대팻집이다. 대패는 나무를 벗기고 얇게 만드는 데 사용되고, 대팻집은 대팻날을 끼울 때 사용하는 틀이다. 어린 날 동네 제재소나 목공소에 가면 작업대에는 늘 대패가 놓여 있었다. 대패로 나무를 밀면 톱밥이 흩날렸다. 나무 냄새가 좋아 바닥에 떨어진 토막을 주워 오곤 했다. 그래선지 대팻집나무는 이름만으로도 친근감이 든다.

겨울눈은 기다란 나사 모양이다. 식물에 물을 주기 위해 길게 뽑아서 사용하는 코브라호스 같다. 호스의 끝을 자유자재로 움직일 수 있어 이름도 코브라호스다. 그것처럼 대팻집나무 겨울눈도 잎과 꽃을 자유롭게 빚어낼 수 있다는 듯이 층층 띠가 있고 골똘하게 야무지다. 암수딴그루로 꽃은 연한 연녹색으로 가지에 붙어 핀다. 마디 사이가 짧은 가지인 단지短枝가 발달한 것도 재미있다. 이 단지도 나사못처럼 생겼는데 마치 대팻집나무의 단단한 기능을 미리 예시하는 것 같다. 늦가을 억새꽃은 흰 너울거림으로 산등성이를 흔들고 나무는 잎을 떨구어내어 다가올 계절을 준비한다. 부쩍 쌀쌀해진 날에는 능선의 억새 군락이 멋들어질 것이다. 왠지 그곳의 나무가 부르는 것 같다. 화왕산은 기운이 강하고 그곳에서 자란 대팻집나무도 강하고 단단하다. 산에서 가져온 눈썰미로 나도 조금은 단단해졌다.

#대팻집나무 열매

덜꿩나무

맛없는 열매가
맛있어질 때까지

The times of trees in Upo wetlands

#덜꿩나무

맛없는 열매가
맛있어질 때까지

덜꿩나무는 왜 덜꿩나무일까? '들에 있는 꿩들이 좋아할 만한 열매를 달고 있다'하여 생긴 이름이라고 한다. 들꿩이 좋아할 만한 열매라니 고개가 갸웃해진다. '좋아할 만한 것이라고 하니 잘 먹는지 그렇지 않은지를 알 수가 없다. 들꿩은 이름만 들어서는 들에 사는 꿩 같지만, 숲이 우거진 산림에 사는 새로 통통한 흑갈색 혹은 회갈색 몸에 얼룩무늬가 있다. 풀숲에서 느닷없이 날아올라 깜짝 놀라게 하는 꿩은 꿩과, 들꿩은 멧닭과에 속하여 사는 곳이 다르다.

덜꿩나무속 낙엽관목인 덜꿩나무는 동네 뒷산에만 가도 보는 흔한 나무다. 잎자루는 가지에 붙어 있다시피 짧아서 눈여겨보게 된다. 꽃보다 꽃자루, 잎보다 잎자루가 궁금한 나무다. 묵묵한 사람은 자신을 내세우지 않고 제 할 일을 한다. 만약 잎자루가 없었다면 잎이 성할까? 꽃자루가 없었다면 활짝 필 수 있었을까? 받침과 자루가 있어 꽃도 피고 열매도 맺을 수 있다. 세상은 꽃 같은 사람에게 열광하지만 사실 그 아래에서 받치고 있는 사람이 있어 가능한 것이다. 덜꿩나무 잎에는 '별 모양 털Stellate Hair'이 있는데 풀어쓰면 '한 점에서 사방으로 갈라져서 별 모양을 하고 있는 털'이다. 일년생 가지에 성모가 밀생하고 가지와 잎, 꽃도 솜털로 덮인다. 흰색의 둥근 공 같은 꽃이 가지마다 걸리면 나무 전체가 커다란 화관으로 변한다. 각각의 잎과 꽃과 가지가 다 모여서 아름다운 나무 한 그루가 된다.

열매는 살짝 위를 향하고 있는데 열매 자루가 짧아 딱 붙은 듯이 보인다. 그런데 이상하게도 덜꿩나무 열매는 늦게까지 달려있다. 혹시 '들꿩이 좋아할 만하다'고 한 이유가 여기에 있을까. 새들이 다투어 따먹지 않으니 막연히 '좋아할 만한 열매'라고 하지 않았을까? 나도 궁금하다. 맛을 보니 시큼하고 단맛은 거의 없으며 뒷맛은 텁텁하다. 그런데 쌀쌀한 바람이 불고 날이 추워지면 별안간 열매들이 사라지고 없다. 들꿩이 와서 덜꿩나무 열매를 먹고 갔을까? 아니라면 새들도 신 열매를 싫어하는 걸까? 사람도 숙성과 발효를 하여 더 맛있는 음식을 해 먹듯이 새들도 맛없는 열매가 맛있어질 때를 기다렸을지도 모른다. 아무려나. 초겨울 뒷산 덜꿩나무는 헐쑥하게 비었지만 또 왠지 후련하게도 보인다. 올해 맺은 열매를 내년까지 지니고 가지 않아서, 또 새봄에 들꿩이 좋아할 만한 열매를 만들 수 있어서 그리 생각된다. 나는 들꿩도 보고 싶고, 들꿩이 덜꿩나무에 오는 것도 보고 싶다.

#덜꿩나무 열매

🌲 두충나무

슬기로운
나무 생존기

The times of trees in Upo wetlands

#두충나무

슬기로운 나무 생존기

뒷마당에 두충나무가 자란다. 어느 날 가느다란 줄기가 올라오더니 부쩍부쩍 자라기 시작했다. 기세가 심상치 않았다. 원래 그 자리엔 단풍나무가 있었다. 해질녘 노을에 물든 잎이 너무도 아름다워 한참 바라보곤 했었다. 그런데 어느 해 지독한 한파에 시름시름 앓더니 죽고 말았다. 줄기를 베자 제일 먼저 큰오색딱따구리가 다녀갔다. 이어 벌과 개미가 왔고 참새와 박새와 딱새는 잔칫집이라도 되는 양 자주 왔다. 나무껍질이 쪼개지고 분해되어 사라지자 서쪽은 적막했다. 몇 해가 지나 그 자리에 못 보던 나무가 자라고 있었다. 잎 모양을 보니 두충나무였다. 자라는 속도가 빨랐는데 금세 지붕에 닿을 듯이 높아졌다. 이웃들은 나무가 지붕보다 높게 자라면 집에 우환이 든다며 어서 빨리 베라고 조언했다. 큰 나무는 뿌리와 그늘이 깊어 집안이 습해질 수 있으므로 건강에 좋지 않다는 뜻으로 알아들었다. 심지도 않은 나무인데 어떻게 하나, 고민하며 둘러보다가 또 한 번 놀랐다. 죽은 줄 알았던 단풍나무가 두충나무 사이를 비집고 올라온 것이었다. 두 나무가 서로 살아남으려고 엉겨 붙은 모양새였다. 지켜보는 마음이 편치 않았다. 그러나 두충나무가 힘이 더 세었던지 얼마 지나지 않아 단풍나무는 완전히 죽고 말았다.

두충나무는 세계에서 1속 1종만 있는 식물이다. 중국 사람 두중杜仲이, 두충나무 잎으로 담배를 말아 피고 잎과 줄기는 차를 만들어 마시고는 득도했다고 한다. 실제로 두충나무는 혈압강하, 기억력장애와 치매에 좋은 약재로 쓰이며 어린잎은 차로 만들어 마신다. 우리 집 두충나무는 단풍나무보다 똑똑해서 자리를 차지한 걸까? 두충나무는 꽃보다 열매가 특이하다. 납작한 열매 안에는 볼록한 씨가 들었고, 종자의 숨구멍같이 끝이 살짝 벌어져 있다. 종자를 싸맨 열매는 여간 질기지 않다. 껍질을 당기니 진득한 실타래같이 늘어난다. 두충나무는 가지와 잎, 수피에 미끈미끈할 교질膠質이 들어 있다. 이렇게 종자를 진공 포장하듯이 싸매도 새들은 잘도 빼먹는다. 뭉툭한 부리를 가진 밀화부리는 열매를 쓱쓱 발라먹고는 껍질은 휘휘 뱉는다. 새들은 자신도 모르게 나무를 심는다. 나무도 새에게 보답하듯이 둥지와 은신처가 되어준다. 둘은 떼려야 뗄 수 없이 진득한 사이다. 나도 두충나무 잎으로 차를 만들어 마시고 치매 예방을 해야겠다. 그럼 두충나무와 나 사이도 끈끈한 교질로 이어지는 건가. 두충나무야 당연히 좋아하겠지. 미래가 불안한 나무에게 계속 살게 하는 것만한 선물은 없을 테니.

#두충나무 열매

때를
안다는 것

#때죽나무

때를
안다는 것

때죽나무 아래 서 있으면 달콤한 향기에 취하여 발끝이 들려진다. 꽃자루 끝에 달린 은종 같은 꽃은 지나간 얼굴을 떠올리게 한다. 수많은 얼굴들이 있었다. 잊을 수 없는 얼굴, 오래도록 잊히지 않아 슬펐던 얼굴, 끝내 비껴갔던 얼굴이 가지 끝에서 종처럼 흔들린다. '때'를 놓치면 그렇게 된다.

때죽나무는 열매가 중의 머리를 닮았고 떼로 모여 있다고 해서 떼중나무, 물고기를 죽이는 성분이 있다고 하여 붙여진 이름이다. 나는 조금 다르게 생각할 때가 있다. 때죽나무꽃이 피면 벌이 날아든다. 곤충은 자신이 앉아야 할 '때'를 알아본 것이다. 새도 '때'를 알아본다. 긴 열매 자루에 붙은 열매가 늘어뜨려지면 곤줄박이가 날아든다. 빠르게 날갯짓하며 나뭇가지 사이를 지나간다. 곤줄박이는 딱딱한 나무 열매도 곧잘 벗기는데 발가락 사이에 끼워 넣고 요리조리 발겨낸다. 곤충도 때맞추어 찾아온다. 이름도 때죽납작진딧물인 곤충은 가지 끝에 벌레집을 만드는데 가히 예술적인 솜씨다. 몇십 배로 축소한 듯한 바나나 모양으로 끝부분에 주둥이같이 생긴 구멍이 있다. 그 속에 사는 애벌레가 성장하여 구멍으로 나와 다음 먹이식물인 나도바랭이로 옮겨간다고 한다. 그런 후 가을이면 다시 때죽나무로 돌아온다고 하니 정말 똑똑한 곤충이다. 때죽납작진딧물도 먹고살아야 할 '때'를 아는 것이다.

꽃핀 때죽나무 가지를 올려다보면 향기 좋은 냄새가 둥실거린다. 꽃은 하나씩, 하나씩 차례차례 이루어 떨어진다. 바닥에 떨어진 꽃잎들이 눈부시게 환하다. 한여름 땡볕에 열매는 바지직 벌어진다. 흡사 실눈을 뜨고 밖의 동태를 살피는 동물의 눈 같다. 비어져 나온 알맹이가 세상에 나올 때를 알아보려는 듯이. 식물의 열매가 익을 때와 나갈 때를 기다리듯이 동물도 때를 기다린다. 둥지에서 바로 날아오르는 새끼는 없다. 용기 있게 나서는 새끼가 있는가 하면 두려워하여 쭈뼛대는 새끼도 있다. 어미는 먹이를 물고 둥지를 향해 새끼를 부른다. 어서 나와, 얘야, 시간이 없어! 새끼들은 멀리 날아가지 못한다. 떨어지고 뒹굴고 미끄러지며 첫발을 딛는다. 내내 겁이 나서 달막거리는 새끼도 있다. 부모는 기다리고 부르고 또 불러서 끝내 새끼가 나오도록 한다. 어리고 약한 새끼도 그 '때'에 나오지 않으면 새가 될 수 없다. 꽃이 단숨에 피지 않고 열매가 단숨에 붉어지지 않듯이 새들의 새끼도 그렇다. 모두가 같을 수는 없다. 그 같지 않음으로 세상은 다양하게 아름다워지고 생태도 건강하게 유지된다. 이때다! 하고 말할 때가 좋다.

#때죽나무 열매

서로 먹겠다고
다투기까지 하니

#무화과

서로 먹겠다고 다투기까지 하니

잘 익은 무화과는 모두가 탐을 낸다. 가장 먼저 맛을 보는 새는 빼빼대는 직박구리다. 새가 쪼아 먹고 가면 벌이 와서 먹는다. 벌이 먹고 간 무화과는 윗부분이 꽃잎처럼 벌어진다. 꿀이 뭉근하게 고인다. 살짝 쉰내가 나고 파리가 꼬인다. 파리 옆에 네발나비들이 모여든다. 무화과가 불러들이는 손님이 이렇게나 많다. 하루는 소쿠리 들고 나무 밑에 들어갔다가 이후에 일어난 일은 보고도 믿기지 않았다. 직박구리들이 몰려와 소리를 지르고 날갯짓을 하며 나를 위협했다. 가지 사이로 빤히 보는가 하면 쫓으려는 듯이 퍼덕거리는 통에 정신이 없었다. 마치 자기 것을 내가 빼앗기라도 하는 양 화를 내는 모양새였다. 어처구니가 없었지만 새도 먹고살아야 하니, 하고 웃고 말았다.

직박구리가 독점하던 무화과나무에 변화가 생긴 건 물까치가 등장한 후였다. 그간 무화과나무는 직박구리 전용 식당이나 마찬가지였다. 특유

103

의 째지는 소리를 내며 다른 새들은 얼씬도 못 하게 했다. 그런데 자신보다 더 힘이 세고 그악스러운 물까치가 나타나자, 직박구리는 눈치 보는 신세가 되었다. 여태 많은 새가 무화과를 먹고 갔는데 먹는 방법은 조금씩 달랐다. 직박구리는 간을 보듯이 무화과에 콕콕 점을 찍고 덜 익은 것은 그대로 둔다. 물까치가 먹은 무화과는 둥글게 한 숟가락 떠먹은 듯이 깔끔하다. 직박구리는 잘 익은 것만 먹고 물까치는 설익은 것도 게걸스레 먹는다.

새들이 새벽부터 무화과를 탐하니 나는 늘 꼴찌로 먹는다. 이웃들은 양파망을 씌워 무화과 도둑을 막는다. 양파망은 양파를 수확하여 담는 망으로 붉은색에 촘촘하게 짜졌다. 나는 바람 통하라고 입구를 느슨하게 묶었다. 그게 실수였다. 물까치는 여간한 것으로는 속지 않는다. 놀랍게도 양파망을 들추고 무화과를 먹고 갔다. 나보다 한 수 위다. 그다음엔 망을 꼭 졸라맸더니 물까치는 여봐란듯이 익지도 않은 무화과를 먹고 갔다. 새에게 농락당한 기분이었다. 그래도 양심은 있는지 몇 개는 남겼다. 그때쯤이면 익은 무화과가 많아서 새들도 실컷 먹고 남긴 것이었다.

무화과는 껍질이 얇고 부드러워 그냥 먹는다. 더위가 한풀 꺾이고 선들바람이 불면 껍질은 두꺼워지고 직박구리도 띄엄띄엄 온다. 비로소 무화과는 내 차지가 된다. 가을 무화과가 더 달고 쫀득하다. 겨울엔 새들도 먹을 것이 없어 이리저리 오간다. 직박구리는 밭고랑에 앉았다가 인기척에 화들짝 날아오른다. 뒷집 대추나무에 앉아 째지는 소리를 낸다. 언 땅이 녹지 않아 먹을 만한 것이 없다. 밭머리에 세워놓은 깻단에 방울새가

#새가 쪼아먹은 무화과

날아든다. 피라칸다 울타리엔 동박새들이 재주 부리듯이 매달려 열매를 먹는다. 그러나 씨앗과 열매는 대부분 얼었거나 땅속에 있다. 물까치는 어디로 갔는지 보이지 않는다. 배추 겉잎을 던져놓은 거름더미에 직박구리 몇 마리가 쪼고 있다. 직박구리는 과일을 좋아하는데 먹을 것이 떨어지자, 배춧잎이라도 먹겠다고 다툰다. 하지만 해가 바뀌고 다시 여름이 오면 맛있는 무화과를 귀신같이 알아보고 올 것이다. 아마도 직박구리 소원은 물까치들이 없는 세상, 예전처럼 우리 집 마당의 무화과나무를 독차지하는 것이리라.

물푸레나무

사랑받는 삶

The times of trees in Upo wetlands

#물푸레나무

사랑받는 삶

　　3월이다. 남부지방에선 벌써 물푸레나무꽃이 피기 시작하는데 잎과 꽃이 같이 나온다. 한 뭉치의 자주색 이삭 같은 것이 폭발하듯이 피어난다. 꽃의 끝이 오므려질 때 속이 얼룽덜룽하게 비친다. 가지는 낭창하다. 가지가 아래로 처지는 모습이 조금 으스스한데 이런 유연한 성질이 있어 옛날 서당에선 유생들 훈육하는 회초리나 죄인들 볼기치는 곤장으로 쓰였다. 또 알곡을 빼내는 농기구인 도리깨나 방망이 등으로도 만들었다.

　　물푸레나무를 좋아하는 작가가 퍽 많다. 책의 제목으로 쓴 이도 있고 시와 소설에도 자주 등장한다. 1933년에 발표한 이태준 단편소설 「마부와 교수」를 보면 물푸레나무가 나온다. 물푸레나무의 성질을 몰랐을 땐 책에 나오는 채찍의 강도를 가늠하지 못했다. 쿵, 하고 바닥에 주저앉은 말에게 마부는 물푸레 채찍으로 연신 채찍질한다. 말이 너무 고통스러울 것 같아서 주변 사람도 걱정하고 교수도 안타까운 마음에 몇 번 참견하는데 마부가 하는 말이, 넘어진 말은 계속 때려서라도 일으켜 세우지 못하면 결국 죽고 만다는 것이었다. 물푸레나무를 알고 다시 읽으니, 말에 휘감기는 채찍이 내 살갗에도 닿는 듯이 생생하게 느껴졌다.

우포늪은 국내 최대의 자연늪으로 습지보호구역이자 람사르습지, 유네스코 생물권보전지역이다. 총 면적 2,505천㎡(습지보호지역:8,808천㎡)이고 우포늪, 목포늪, 사지포, 쪽지벌 외에 최근 복원된 산밖벌이 있으며 유어면, 이방면, 대합면, 대지면에 걸쳐져 있다. 어느 날 대합면 평지리를 지나는데 마을과 들판이 갈라지는 지점에 마을숲이 있는 것을 보았다. 커다란 왕버들과 느티나무, 회화나무, 약 150년된 보호수 물푸레나무가 있었다. 점심 무렵엔 근처 공장 사람들, 청소하는 사람들, 들판의 일꾼들이 쉬었다 갔다. 느티나무는 왕버들과 물푸레나무 사이에 자리를 잘 잡았으나 왕버들은 굵은 줄기가 여러 차례 잘렸다. 1998년에 발간된『창녕군지명유래사』를 보면 일제강점기 이전에는 500여 그루 나무가 있었고 비가 쏟아져도 명주 바지가 젖지 않을 정도로 울창한 숲이었다고 한다. 그러나 한일합방이 되자 김선달이라는 사람이 왜놈에게 숲을 빼앗겨서는 안된다며 나무를 베었고, 일제강점기 땐 숲의 절반이 군용지로 들어갔으며 이후에도 계속 훼손되어 지금은 여섯 그루뿐이라는 것이다. 500여 그루나 있었으면 정말 볼만했을 것이다. 책에는 회나무, 누룩나무, 풀구나무 등이 있다고 나오는데 회나무는 괴목이고 누룩나무와 풀구나무는 아마도 느릅나무와 물푸레나무가 아닐까 싶다. 현재 마을 숲은 논과 맞닿아 있고 석축

#물푸레나무 열매

을 쌓은 한정된 터에 살고 있어 옹색한 형편이다. 회화나무와 풀푸레나무
는 가지가 잘려 뭉툭한데 속이 썩어가며 구멍이 생겼다. 마침, 찌르레기가
구멍 속에 새끼를 키우는지 먹이를 물고 들어가는 것이 보였다.

　물푸레나무 겨울눈은 볼록하게 솟아 흡사 동물의 뿔을 연상시킨다.
어쩐지 우포늪에서 많이 자라는 수생식물 마름의 열매인 '말밤'을 닮았다.
왜 이런 생각을 하게 되었을까? 아마도 수생식물은 물에 살고, 물푸레나
무는 가지를 물에 담가놓으면 푸른 물이 나온다고 하니 은연중 서로 연관
지어 생각한 것 같다. 무엇보다 물푸레나무는 발음하는 맛이 좋다. 물푸
레, 하는 순간 야물던 것이 부드러워지고 퉁명한 것도 상냥스러워지는 듯
하다. 사람에게 사랑받는 것도 변화하되 변덕스럽지 않고 잘 스미는 성질
에 있는 것 같다. 많은 작가에게 위로와 영감을 주는 나무, 물푸레나무라
면 그럴 수 있지, 고개 끄덕이게 된다.

미루나무

구름과 새

The times of trees in Upo wetlands

#미루나무

구름과 새

미루나무가 줄지어 선 개울가 너머에 고구마 밭이 있었다. 고구마는 애쓰지 않아도 그럭저럭 잘되는 작물 중 하나다. 냄새 맡고 파먹는 동물만 없다면 한겨울 양식으로도 그만이었다. 우리 집에선 가장 큰 밭이었고 고랑이 꽤 길어서 쟁기질하던 소도 힘들어했다. 여름 지나 고구마 캘 땐 모두가 신이 났다. 소는 아버지가 끌고 동생과 나는 달려 나오는 고구마를 소쿠리에 담았다. 더러 깊게 묻힌 고구마는 살살 달래듯이 캐야 껍질이 벗겨지지 않았다. 점심은 미루나무 아래에서 먹었다. 미루나무는 높고 가지가 많아 바람도 시원하게 잘 몰아왔다. 풀밭에 누워 나무를 올려다보면 얼마나 키가 컸던지 꼭대기가 보이지 않았다. 다 캔 고구마는 소달구지에 실어서 가져왔고 궤짝 안에 짚을 깔고 담았다. 밖에 두면 얼까봐 불 때는 방에 두었는데 겨울날 아궁이 나무 타는 냄새와 연기 냄새, 고구마 냄새가 섞인 방안은 쿰쿰하면서도 들큼했다. 삶은 고구마는 해 짧은 날 점심 한 끼로는 너끈했다. 봄이 오면 상자 안의 고구마도 가만히 있지 못한다. 싹튼 고구마는 금세 줄기까지 내민다. 그때 삶은 고구마는 맛도 없고 퍼석하다. 양분을 새순에게 주어 새 삶을 살도록 해야 하니까 그렇다.

예전엔 고구마 종류가 다양하지 않아 심었다 하면 거의 물고구마였다. 삶은 물고구마는 힘이 없어 손에 들면 거꾸러지거나 주르르 흘러내렸다. 사람들이 타박 고구마를 선호하자 물고구마는 점점 사라지게 되었다. 고구마는 버릴 게 하나 없다. 고구마 줄기로 만든 김치와 무침, 말린 줄기를 앉히고 만드는 생선조림 등 다양한 요리에 활용된다. 소죽 끓이고 남은 숯불에 묻었다가 꺼내먹는 군고구마는 정말 달고 맛있다. 자투리 고구마는 가늘게 썰어서 햇볕에 말려 빼때기를 만들었다. 딱딱하게 마른 빼때기는 입에 넣고 뭉근하게 녹여 먹었다. 별다른 군것질거리가 없었으므로 아이들은 빼때기 하나씩 입에 물고 볕 좋은 돌담에 조르르 붙어서 놀았다. 가끔 지프차가 뽀얀 먼지 일으키며 달려가면 아이들이 따라가며 와와 소리를 지른다. 그때 같이 달리던 나무가 신작로 미루나무였다.

미루나무는 미국에서 들어왔다 하여 미류나무이던 것이 미루나무가 되었다. 버드나무과에 속하다보니 잘 자라서 개간된 땅이나 둑에 많이 심었다. 어릴 때 많이 불렀던 동요 중 하나가 외국곡에 박목월 작사인 〈흰구름〉이다. 미루나무 꼭대기에 조각구름 걸려있네/솔바람이 몰고 와서 살짝 걸쳐놓고 갔어요/뭉게구름 흰 구름은 마음씨가 좋은가 봐/솔바람이 부는 대로 어디든지 흘러간대요. 구름이 나무 꼭대기에 걸렸다고 할 정도로 미

#미루나무 노목

루나무는 키가 크다. 높아서 많은 새의 정거장, 둥지, 은신처, 망루가 된다. 이렇게 큰 나무는 까치들이 둥지 짓기에도 좋다. 까치가 새끼 키우고 나가면 그 둥지는 여름 철새로 오는 파랑새가 사용한다. 하지만 미루나무는 점차 사라지는 중이다. 다시 심지 않기도 하고, 줄기가 단단하지 않아 강풍에 기우듬하게 넘어지기 때문이다. 우포늪 장재마을 앞에 섰던 미루나무도 천천히 쓰러져갔다. 그 나무 꼭대기에 앉은 파랑새를 해마다 보았는데 이젠 볼 수가 없다. 나무가 사라지면 구름과 새가 멀어진다. 소와 같이 캐던 고구마도, 냇가에 나란히 섰던 미루나무도 아련한 기억 속에 남았다.

꽃이 세 번
피고 지면
쌀밥을 먹는다고

#배롱나무 수피

꽃이 세 번
피고 지면
쌀밥을 먹는다고

옛 어른들은 배롱나무꽃이 세 번 피고 지면 쌀밥 먹을 때가 온다고 했다. 가을걷이할 때가 되었다는 말이다. 지금이야 남아도는 실정이지만 예전엔 명절이나 생일 때나 쌀밥을 먹을 수 있었다. 꽁보리밥으로 연명하다가도 추수가 끝나면 갓 찧은 쌀밥 먹을 기회가 생겼고 그래서 너나없이 들녘이 누렇게 익어가는 가을을 기다렸을 것이다. 배롱나무꽃은 너울처럼 번진다. 분홍색, 빨간색, 보라색, 흰색 팝콘이 터지듯이 쉴 새 없이 꽃이 핀다. 꽃잎은 주름이 지고 나풀나풀하지만, 향기는 거의 없다. 별명인 '간지럼 나무'는 손을 대면 슬며시 몸을 빼듯이 흔들린다고 해서 붙여진 것이다. 수피가 아름다운 나무로 노각나무, 모과나무, 육박나무 등이 있지만 배롱나무는 조금 특별한 과정을 거치며 아름다워진다. 겨울이 되면 껍질이 마르고 누가 벗겨놓은 것처럼 아래로 처진다. 껍질 벗겨진 자리는 백색을 띠며 무늬가 만들어지는데 마치 나무가 묵은 때를 벗고 변신하는 것 같다.

　매일 지나다니는 길가에 반듯하게 자리를 잡은 무덤이 있었다. 언제나 잔디가 말끔하게 다듬어져 있어 돌보는 이의 정성이 여간 아닌 듯했다. 무덤 앞 배롱나무는 여름이면 선선한 분홍색 꽃을 피워 주변이 화사했다. 살아생전에 각별히 잘했던 모양이라고 생각했는데 동네 아주머니에게 들은 이야기는 의외였다. 평생 바람둥이로 속 썩이던 남편이 죽자, 아내는 봉분 앞에 배롱나무를 심었다고 한다. 왜 하필 배롱나무냐고 물었더니 언제나 예쁘고 향기 좋은 여자만 쫓아다녔으니 죽은 후에는 향기 없는 배롱나무꽃과 지내보라고 심었다는 것이다. 혼자된 여인이 할 수 있는 소심한 복수였다. 그러나 향기는 그렇다 쳐도 꽃이 예쁜 건 어찌할 것인가.

　어린 시절 마을 끝에는 이름도 성도 없는 사람들이 묻힌 공동묘지가 있었다. 길 아래로 도랑이 흘렀고 동네 사람들이 아침저녁으로 빨래하러 다녔다. 아이들은 주인 없는 묏등에서 많이 놀았다. 묏등의 사전적 의미는 '무덤의 윗부분'이지만 동네에서는 묘지 전체를 부르는 말이었다. 아이들이 묏등 가자, 하면 묘지에 놀러 가자는 말이었다. 묏등 주위는 풀밭이어서 소 풀어놓고 놀기에 좋았다. 묏등 가에는 자그마한 배롱나무가 서 있었다. 씨름과 술래잡기 등으로 땀투성이가 된 아이들은 그늘도 많지 않은 배롱나무 아래로 뛰어들었다. 얼룽덜룽한 햇빛이 검게 탄 얼굴을 비추었다. 공상가였던 나는 풀밭에 누워 하늘 보는 것을 좋아했다. 구름이 흘러가는 것을 보며 만화책에서 보았던 얼굴로 빚어보는 것이 재미있었다. 노을에 물들어가는 들판을 내려다보는 것도 좋았다. 배롱나무가 사라진 건

#배롱나무 꽃

길을 넓히고 도랑을 메운 후였다. 어찌 된 셈인지 묏등 있던 자리가 밭이
되는 일도 있었다. 그때 놀던 아이들은 성년이 되어 어디론가 흩어졌고 몇
기 남지 않은 묏등은 찾는 이 없이 그대로다. 조상도 후손도 알 수 없는 무
명의 봉분 옆에 배롱나무라도 섰으면 덜 쓸쓸하였을까, 하는 생각은 어느
덧 중년을 넘긴 내 머리칼이 쌀처럼 희어졌기 때문이다. 배롱나무꽃은 피
고 지고 또 피고 진다.

백 가지
매력을
보여줄 시간

The times of trees in Upo wetlands

#백당나무 꽃

백가지
매력을
보여줄
시간

늦봄에, 숲에 들었다가 무거운 듯이 아래로 처지는 꽃 뭉텅이를 본다면 아마 백당나무일 겁니다. 햇가지 끝에서 산방 꽃차례로 달리는 꽃은 탐스러운 흰색이고요. 둥근 공 모양 꽃들이 어우러진 모양새가 작은 꽃동산 같아요. 우아하면서도 세련되었지요. 꽃차례 가장자리에 지름 2-3cm의 중성 꽃이 달리는데 마치 꽃을 그림으로 그린 후 꽃 안을 비워놓은 듯해요. 비슷해 보이는 불두화는 둥실한 흰 꽃들이 뭉게뭉게 달리고, 백당나무꽃은 꽃이삭 주변에 중성화가 달려서 나붓나붓하지요. 성품이 쾌활하고 붙임성 좋은 여인의 얼굴 같다고나 할까요. 북한에서는 '접시꽃나무'라고 부른답니다. 하얀 접시에 소복하게 음식이 담긴 것 같은 모습 때문에요. 그럴듯합니다. 왜냐하면 진짜 꽃은 황록색으로 가운데에 동그랗게 모여 있고 가장자리에는 큼직한 가짜 꽃이 감싸고 있으니까요. 커다란 접시라고 해도 과언이 아니지요.

백당나무는 백 가지 매력을 가진 것 같아요. 사람은 물론 새와 곤충까지 알아본다고 가정하면 아마 백 가지는 되지 않을까요? 백 가지라고 했지만, 굳이 헤아려보진 마세요. 헛꽃을 만든 나무의 마음을 안다면요. 살짝 휘어진 수술은 끝에 잉크 빛이 날 정도로만 검어요. 딱 점 하나 찍었는데도 수술이라는 것이 드러나는군요. 벌어지기 전의 봉오리들 좀 봐요. 암술은 어디 있나요? 아, 다섯 장의 꽃이 나긋나긋 젖혀질 때 분홍색이 묻어와요. 박상진의 『우리 나무의 세계1』에 "백당나무꽃을 옆에서 보면 하얀 꽃 두름이 마치 작은 단增을 이루는 것 같아서 백단白增나무로 불리다가 백당나무가 되었을 것"이라고 합니다. '하얀 꽃 두름'이 단을 이루었다니 상상만 해도 예쁩니다. 두름, 하니까 또 생각나는 건 굴비 한 두름이 아닌, "두름 깎으러 가자" 할 때의 논밭이 생각나요. 두름은 두둑의 방언으로 밭과 밭 사이에 경계를 만들려고 흙을 약간 불룩하게 쌓아 올린 것을 말합니다. 비가 오면 풀이 쑥쑥 자라요. 비 그치면 아버지들은 낫을 들고 두름 깎으러 갑니다. 머리 깎듯이 싹싹 베어내야만 작물이 잘 자라지요. 백당나무꽃 두름과 밭 두름이 무슨 상관이냐고요? 무릇, 꽃이든 작물이든 두름이 튼튼해야 더 멋져 보이니까요. 백당나무는 환경에 잘 적응하고 어디서나 잘 자랍니다. 빨간 열매도 예뻐요. 숲에서 백당나무 꽃을 만나면 이렇게 말하지요. 백당나무꽃이 핀다, 백 가지 매력이 핀다, 백 가지 기쁨이 펼쳐진다. 백 가지 이야기를 들으러 가자. 하지만 아직 백 가지 매력은 찾지 못했어요. 사실 몇 가지 매력인지도 모릅니다. 그러니 부지런히 숲으로 가야겠어요.

#백당나무 열매

운명의
기술자들

#왕버들

운명의 기술자들

버드나무가 하는 일 중에 으뜸은 물을 맑게 하는 것이다. 늪가엔 버드나무가 많은데 선버들이 가장 많고 왕버들, 이태리 포플러, 능수버들, 미루나무 등이 있다. 버드나무 아래로 퇴적물이 쌓이고 수초가 자라면 물고기와 곤충 서식지가 되며 나뭇가지엔 새들이 깃들여 산다. 여러 기능 중에서도 버드나무에서 추출한 성분으로 진통제를 만든 것은 널리 알려져 있다.

봄의 버드나무는 사랑스러운 연두색이고 겨우내 무채색으로 밋밋하던 늪을 물감이 번지듯이 수면 아래로 스미게 한다. 특히 왕버들은 수형이 아름답고 풍경을 근사하게 꾸민다. 우포늪 따오기복원센터 가는 길가, 늪 안에는 비스듬하게 누운 왕버들이 있다. 뿌리가 공중에 들렸고 나뭇가지는 니은 자로 길게 뻗었지만 굉장한 유연성과 생명력을 보여준다. 왕버들은 물의 나무다. 물만 있으면 살 수 있고 스스로 물을 부르며 운명을 바꾼다. 진흙에서 반쯤 들린 채로도 살 수 있는 건 물을 받아들이고 물에 의해 달라지는 삶을 수용하기 때문이다. 오래전, 물안개 가득한 새벽 늪을 보고선 너무 놀랍고 아름다워 다시 어딘가로 가려던 계획을 접었다. 삶의 중요한 갈림길에서 늪을 택한 나도 버드나무처럼 물을 좋아하게 되었는가, 끌릴 수밖에 없었던 운명인가, 생각할 때가 있다.

징검다리 왕버들군락은 낙동강으로 가는 물을 내보내며 살아선지 기개가 좋고 당당한 품이 있다. 어느 해 봄에 작고 어여쁜 여름 철새 흰눈썹황금새가 둥지를 틀었는데 이만저만 수난이 아니었다. 둥지를 발견한 사람이 사진클럽 회원들을 데리고 온 것이다. 그들은 새가 날아오를 때면 손뼉을 쳤고 새끼에게 먹이 가져다주는 어미를 찍기 위해 접이식 사다리를 놓았다. 새끼들이 둥지를 나올 땐 대포 렌즈라고 부르는 망원렌즈가 줄을 섰다. 아무도 말릴 수 없었고, 말린다고 말을 들을 사람들도 아니었다. 한바탕 소동이 휩쓸고 간 왕버들 군락지엔 짓밟힌 풀과 쓰레기만 남아 있었다. 흰눈썹황금새는 다시는 그곳에 둥지를 틀지 않았다.

버드나무는 운명을 개척하는 기술자지만 스스로 놓아버리기도 한다. 태풍에 쓰러진 나무는 늪 바닥에 드러눕는다. 새 가지와 맹아((萌芽:풀이나 나무에 새로 돋아나오는 싹)를 내지만 오래 가지 않는다. 껍질이 일어나고 살이 쪼개진다. 이끼가 자라고 곤충과 구더기와 개미들이 드나들며 속을 움푹하게 만든다. 쓰러진 나무는 늪에 바치는 밥상이 된다. 물살에 쓸리고 바람에 닳은 껍질은 벗겨져 매끈하다. 나무는 밥상인 동시에 새들의 쉼터가 된다. 주요 방문객은 왜가리와 백로이고 흰뺨검둥오리도 자주

#능수버들과 오목눈이

찾는다. 가끔 민물가마우지들이 나무 전체를 독차지하는데 그럴 땐 왜가리 외에 다른 새는 가까이 가지 않는다. 겨울엔 청둥오리를 비롯한 오리들이 이용한다. 노랑부리저어새는 나뭇가지에 앉아 숟가락같이 생긴 긴 부리로 꼼꼼히 깃털을 다듬는다. 나무 아래는 새들의 목욕탕이 된다. 오리들이 물속에서 첨벙거리며 몸을 씻는다. 이윽고 봄이 되면 그토록 붐비던 나뭇가지도 훤하게 빈다. 여름이 되면 장맛비와 태풍에 물이 불어나고 늪에 드러누운 나무는 어디론가 떠밀려 간다. 몸통만 남은 나무는 정처 없이 떠도는 나그네와 같다. 나무는 늪의 이곳저곳을 떠돌다가 진흙과 풀이 있는 곳에 부려진다. 물이 그곳에 데려다주었다. 어디를 가든 새는 나무를 알아보고 다시 찾아온다. 닳고 부서지며 사라지는 마지막 순간까지 나무와 새는 함께 한다. 늪을 좋아하는 이유가 같다.

여러 번
놀라게 한다

#사람주나무 꽃

여러 번 놀라게 한다

　　사람주나무는 여러 번 놀라게 한다. 봄의 새 순은 깜찍하게 예뻐서, 꽃은 특이해서, 열매는 익살스러운 사람 얼굴 같아서. 어떻게 이런 색을 내었을까? 어린잎은 연두색과 자홍색이 같이 있어 한 잎에 여러 계절이 들어있는 것 같다. 잎은 타원형으로 어긋나게 달리고 잎의 끝부분이 뾰족하다. 암수한그루로 6~7월에 새 가지에 암꽃과 수꽃이 같이 피는데 윗부분은 수꽃이, 아래엔 암꽃이 달린다. 노랗고 자잘한 꽃들이 연방 피고 또 피는 것이 재미있다. 그런데 사람주나무는 왜 사람주나무일까? 나무껍질이 사람 피부처럼 매끈하다고 하여 사람주나무가 되었다는 다소 믿기 힘든 설이 있다. 사람주나무는 우리나라 전역에 자생하는 키 작은 낙엽활엽수로 현재 국가 기후변화 지표종으로 지정되어 있다.

　　가을 단풍나무야 말할 것도 없지만 사람주나무 단풍도 못지않다. 잎마다 색의 농도가 달라서 미묘하게 아름답다. 열매는 같은 대극과인 광대

싸리 열매와도 닮았고 몽탕한 모양이 꽉 쥔 주먹 같기도 해서 고집과 당참이 느껴진다. 예전엔 이 열매의 씨에서 기름을 뽑아 등불을 켰다고 한다.

어느 핸가 올록볼록한 열매를 주워 와 책상에 두었더니 이상한 움직임이 느껴졌다. 열매는 가만있지 않았다. 매일 조금씩 모양이 달라졌는데 열매 안 종자들이 작당이라도 하는 듯했다. 살짝 벌어진 껍질 안에는 세 개의 종자가 들어 있었다. 놀라운 일은 그다음에 벌어졌다. 갑자기 뻥! 소리가 나더니 종자들이 튀어나온 것이다. 나는 열매가 내는 소리라곤 상상도 하지 못했다. 마치 뻥튀기 아저씨가 뻥 하는 소리 같았다. 혹시 숲에 가고 싶어서 더 큰 소리를 냈을까? 사람주나무가 사는 숲에서는 이런 대화를 하는 동물이 있을지도 모른다.

재 벌써 시작했구나.

누구 말이지?

뻥뻥 소리내기 좋아하는 사람주나무라고 있잖아.

걔는 유난스레 힘을 주더라.

아마 멀리 날려 보내느라고 그러는 게지.

아니야, 얼마나 힘이 센 지 자랑하는 걸 거야.

사람주나무는 이름에 사람이 들어가서 꼭 사람처럼 구는구나.

봄날에 새잎에다 온갖 기교를 부릴 때 알아봤지.

교묘하잖아.

뭐가?

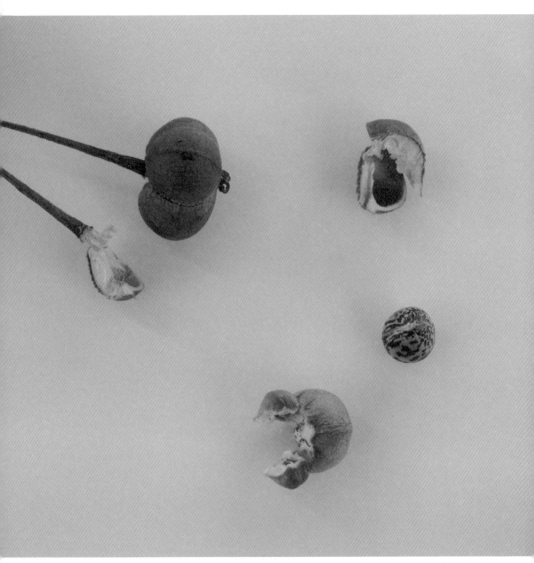

#사람주나무 열매

예고편도 화려하고 마지막도 화끈해.

아무렴, 하고 숲의 이웃들이 이구동성으로 사람주나무의 개성
을 들려주었다. 개그를 아는 나무다.

산딸기

산딸기
따러 가는
아침

The times of trees in Upo wetlands

#산딸기

산딸기 따러 가는 아침

오월엔 오디를 따고 유월에 산딸기 따러 간다. 혹시 만날지도 모를 뱀 때문에 목이 긴 장화를 신는다. 산딸기는 잎과 가지, 줄기에 가시가 있어 조심해야 한다. 가늘고 긴 줄기가 빽빽하여 손을 넣으면 가시들이 따끔하게 찌른다. 들판엔 모내기하고 양파 작업하느라 분주하다. 종일 기계 돌아가는 소리가 윙윙댄다. 논바닥을 갈아엎는 소리, 양파 자루를 트럭에 싣는 남자들 소리가 들린다.

옆 동네 산기슭에 산딸기군락이 있어 해마다 따러 간다. 아침에 가도, 저녁에 가도 만나는 사람이 없었는데 그날은 낯선 여자가 먼저 와 있었다. 그녀는 나를 보더니 조금 새치름한 표정을 지었다. 언젠가 그녀에 대해서 들은 이야기가 떠올랐다. 독거여성인데 전화도 잘 받지 않고 좀처럼 밖을 나오지 않아 걱정이라는 것이었다. 그녀는 손을 뻗는 것이 나무늘보처럼 느렸다. 나는 손이 빨랐고 자주 가시에 찔렸다. 그녀가 물었다. 왜 그렇게 바빠요? 다소 비음이 섞인 맹맹한 소리였다. 출근해야해서요. 그녀가 말을 걸어온 것에 조금 놀랐다. 아마도 선입견 탓이겠지만 그녀는 잘 모르는 사람과는 말도 섞지 않을 것이라는 생각을 하고 있었다. 나는 그녀가 불편함을 느끼지 않게 조금 떨어진 곳에서 딸기를 땄다. 내가 딸기를 보며 아이 예뻐, 하자 그녀는 깔깔깔 웃었다. 그렇게 예뻐요? 그럼요. 공짜로 열매를 가져가니 나무한테도 고맙고 미안하지요. 여자가 흘깃 돌아보았다. 그리고 무슨 마음에선지 여기보다 딸기 많은 데를 안다며 같이 가자고 했다. 마다할 이유가 없었다. 우리는 산기슭을 지나 모퉁이 덤불숲에 이르렀다. 그곳은 공사하고 남은 흙을 쌓아둔 곳으로 어수선했지만, 그녀 말대로 산딸기가 많았다. 무슨 말끝에 그녀는 그냥 딸기보다 산딸기가 더 좋은데 씹는 맛이 있어 스트레스가 풀린다고 했다. 무슨 일로 스트레스를 받을까 궁금했지만 묻지는 않았다. 보관은 어떻게 해요? 그녀는 잘 씻어서 얼린다고 했다. 얼린 딸기는 맛이 달라지지 않나요? 그래도 한 번에 다 먹지는 못하니까요. 잼을 만들면 되지요. 달아서 싫어요. 나는 한 알씩만 먹어요. 한 알씩 한 알씩 먹다 보면 그런 생각이 들어요. 이 한 알의 열매는 한 그루 나무가 될 수 있었을 텐데, 그럼 나는 한 나무를 먹는 것과 같구나, 열 알을 먹으면 열 그루를 먹는 거라고. 이상한 여자였다. 이상하지만 아주 이상한 것은 아니었다. 그럼, 산딸기 수백 개를 먹으면 숲 하나를 먹은 것과 같겠네요. 내 말에 여자는 크게 기뻐하며 웃었다. 그녀의 상상은 재미있었지만, 산딸기는 씨가 아니라 뿌리 번식을 한다. 나는 출근할 시간이 되어서 그만 따야겠어요. 그녀가 고개를 까딱했다. 덕분에 산딸기 많이 땄어요. 또 봐요. 인사했지만 다음 날엔 그녀가 보이지 않았다. 다음, 그다음 해에도 보이지 않았다. 어쩌면 나와 마주치는 것이 부담스러웠거나 혼자가 편했을지도 모른다. 산딸기 따러 가면 먼저 다녀간 사람의 흔적이 있었다. 나는 그녀려니, 하고 생각했다.

산딸기는 잘 물러져서 보관이 쉽지 않고 가능한 한 빨리 먹어야 한다. 그냥 먹어도 좋고 샐러드, 요거트, 주스에 사용하고 양이 많으면 잼을 만든다. 산딸기로 만든 잼은 딸기잼보다 향과 식감이 좋다. 잼을 만들 때면 집안에 딸기향이 퍼져 달콤하다. 만드는 내내 행복감이 든다. 소독한 병에 담아서 선물할 때면 이게 시골 사는 맛이지, 하고 뿌듯해한다.

같은 듯
다른 매력

#산딸나무

같은 듯
다른 매력

산딸나무는 공원 조경수로 많이 심고 주변에서도 흔하게 봅니다. 층층나뭇과의 낙엽교목으로 꽃이 피면 너울너울 흰 구름을 두른 듯, 흰 나비 떼가 춤추는 듯하지요. 두상꽃차례로 네 개의 꽃잎처럼 보이는 것은 포苞예요. 포는 꽃턱잎이라고도 하며 꽃대나 꽃자루의 밑을 받치고 있는 비늘 모양의 잎을 말합니다. 이 흰색의 포가 도도하게 아름다워 꽃으로 착각할 정도지요.

산딸나무가 아름다운 포를 만든다면 꽃산딸나무는 예쁜 보자기를 만들어요. 몽탕몽탕한 꽃망울이 야무지고요, 봉긋하게 부풀면 귀중품을 싼 보자기 같지 뭡니까. 꽃산딸나무는 북미 원산으로 서양산딸나무라고도 합니다. 포는 흰색, 녹황색, 분홍색 등이 있고 포의 가운데에 꽃이 있어요. 작은 꽃들이 20개 정도 모여서 공처럼 달립니다. 꽃산딸나무는 친절하게 자신을 안내합니다. 막 생긴 꽃봉오리와 피어나는 꽃과 활짝 핀 꽃을 한

151

나무에서 다 보여주니까요. 꽃은 은은한 분홍색, 맑은 분홍색, 부드러운 미색, 새하얀 색으로 피어나 어떤 색이 더 아름다운지 고를 수가 없어요.

산딸나무와 꽃산딸나무는 같은 듯 다른 매력을 갖고 있지요. 다른 점이라면 산딸나무의 포는 끝이 뾰족하고 꽃산딸나무 포는 끝이 오목하여 물결치듯이 휘어진 것이고요. 또 산딸나무 줄기 껍질은 살짝 떠 있다면 꽃산딸나무는 정교한 나무 조각들로 채워진 듯해요. 크기는 일정하지 않지만요. 어릴 때 어른들은 빙판이나 사발 그릇에 금이 가면 '엉그름이 갔다'고 했지요. 국어사전에는 '진흙 바닥이 말라 터져서 넓게 벌어진 금'으로 나옵니다. 하지만 어른들은 논바닥이나 사발 같은 것이 갈라져도 그렇게 말했지요. 가뭄에 마른 논바닥은 처음에는 널찍한 금을 그었다가 바짝 마르면 조각조각 갈라집니다. 엉그름이 간 데다 더 작고 작은 엉그름이 생겨서 결국 논바닥은 칼로 잘라놓은 것처럼 길고 좁은 무늬로 채워집니다. 농부에게는 크나큰 근심이지만 그 자체로는 독특하고도 입체적인 그림 같아요. 꽃산딸나무 줄기도 갈라진 조각을 이어 붙인 듯이 입체적입니다.

산딸나무와 꽃산딸나무의 다른 점은 열매에도 있어요. 산딸나무 열매는 겉에 돌기가 있고 아주 동그란데 밭에서 나는 딸기를 연상시킵니다. 당연히 먹을 수 있지요. 물컹하고 즙이 많은데 달콤한 맛이 나서 딸기 먹는 기분이 들어요. 반면 꽃산딸나무 열매는 작고 갸름한 타원형입니다. 열매는 익어가며 둥글어지고 뾰족하게 끝을 다물지 않았어요. 열매 끝에 꼭지가 붙어 있어 무슨 표식처럼 보입니다. 열매의 색도 단계별로 달라져서 특별함을 보탭니다. 이제 막 빚기 시작한 열매, 모양을 조금 갖춘 열매, 진짜

#꽃산딸나무

열매가 된 열매가 섞여 있어요. 한 나무에서 열매들이 각각의 모양으로 가는 과정을 진열해 놓은 것 같습니다. 맛은 어떨까요? 씁니다. 그러니까 산딸나무과 꽃산딸나무는 비슷하지만, 다른 매력을 확연하게 보여줍니다. 비교하는 맛에 중독될 수 있어요. 이것도 예쁘고 저것도 예뻐서 둘 다 좋아하게 될 테니까요.

새가 심은 나무,
새를 부르는 나무

The times of trees in Upo wetlands

#쥐똥나무 꽃

새가 심은 나무,
새를 부르는 나무

2월이다. 마당엔 방문객이 많았다. 어제 눈이 왔고 새들은 먹이를 제대로 먹지 못했을 것이다. 아침 7시쯤 노랑턱멧새들이 왔다. 이 새는 눈썹 선과 멱이 밝은 노란색이라 어디에서건 눈에 띈다. 마당 한가운데에 쫑긋 솟아 나온 노란색을 보고는 카메라를 들고 나갔다. 현관문 소리에 몇 마리는 날아가고 몇 마리는 감나무에 앉았다가 다시 마당으로 내려앉았다. 노랑턱멧새는 지난여름 분홍색 꽃 무더기로 여러 사람의 눈을 즐겁게 했던 과꽃 아래를 콩콩거리며 돌아다녔다. 두 번째 손님은 박새였다. 보리수나무에 앉아서 부지런히 가지를 쪼아댔다. 곧이어 붉은머리오목눈이가 날아와 꼬리를 까닥이며 놀았다. 그런데 박새는 이들의 방문이 달갑지 않은지 갑자기 공격 자세를 취했다. 박새는 해마다 뒷집 헛간에서 둥지를 틀기에, 이 주변이 자기 영역이라고 여기는 듯했다. 통통하게 귀여운 붉은머리오목눈이는 미련 없이 날아가 버렸다. 이번엔 흑

백의 깃이 쑥 올라왔다가 내려가는 걸 보니 후투티인 것 같았다. 후투티는 일정한 시각에 방문하여 마당과 수돗가를 뱅 돌아가며 먹이를 찾았다. 실력이 좋은지 금방 먹이를 찾아 먹고 또 먹었다. 마치 김매기를 하듯이 한 줄을 파고 다시 한 줄로만 땅을 콕콕 찍었다. 긴 부리와 깃이 아름다운 새여서 하루라도 방문객 명단에서 빠지면 서운하다.

날마다 새가 오니 나무도 많아진다. 심지도 않은 나무들이 계속 나온다. 배롱나무, 뽕나무는 여기저기에서 잘도 자란다. 새들이 열매를 먹고 똥을 쌌건 바람 따라 날아왔건 나무는 기회만 된다면, 기회를 찾아서라도 후손을 남기고야 만다. 결국 새와 나무는 서로를 부르며 공생한다. 나무 씨앗은 담벼락 아래 구석진 곳, 마당 귀퉁이나 작은 관목 사이에서 삶을 시작하지만 먼저 자리 잡고 있는 나무들 자리를 빼앗을 수는 없다. 그래서 어떡하든지 살아남기 위해 그 나무 위에 포개어 앉고 걸터앉으며 생명을 늘려간다. 골목과 담 사이엔 철거하지 않은 전봇대와 오래된 안테나가 있는데 새들이 유난히 그곳을 좋아한다. 둥지로 갈 때, 먹이 찾으러 갈 때, 망을 볼 때, 쉴 때에 전봇대와 안테나를 이용했다. 그러다 보니 그 밑에 있는 치자나무가 곤욕을 치르는 중이었다. 치자나무는 갑자기 비집고 나온 팽나무, 뽕나무, 쥐똥나무, 인동덩굴에 시달리고 있었다. 서로 먼저 나가겠다고, 치자나무 가지를 벌리며 햇빛을 더 받아보겠다고 아웅다웅한다. 싸움터가 된 치자나무는 얼마나 속이 탈까.

마당에서 저절로 자라고 있는 나무를 불러본다. 배롱나무, 팽나무, 쥐똥나무, 인동덩굴, 두충나무, 사철나무, 상수리나무, 뽕나무, 구기자. 나

#치자나무 꽃

는 나무를 보고, 나무도 나를 본다. 나의 기분과 날씨와 상관없이 언제나 나무는 거기 있다. 나의 말과 하는 일을 나무가 지켜본다. 이렇게 느끼는 것은 내 마음이고 이 마음은 나무에게 전해진다. 그렇게 생각한 지 오래되었다. 나무와 나는 서로의 형편을 알아주는 벗과 같다. 나무는 새를 부르고 새는 나무를 심으며 나는 나도 모르게 나무와 새를 얻는다. 벗들이 나날이 늘어간다.

#광나무 꽃

#인동덩굴 꽃

🌲 생강나무

나무의
두 번째 삶

The times of trees in Upo wetlands

#생강나무 꽃

나무의 두 번째 삶

나의 헛간엔 많은 것이 있다네

씨앗 주머니와 묵나물 바구니와 목이 긴 장화가 있는 선반

호미와 곡괭이와 쇠스랑이 걸려 있는 벽

흙이 말라가며 풍기는 들큼하면서도 구수한 냄새

나는 수건을 목에 감고 밭으로 간다

아버지가 쓰시던 곡괭이는 자루가 여러 번 빠졌지

날은 무뎌지고 뭉툭하지만 아직은 쓸 만해

양쪽 날이 뾰족한 호미는 엄마가 애용하시던 것

김맬 때마다 엄마의 손과 내 손이 닿는 걸 느낀다

연장의 자루는 딴딴한 나무들로 만들어졌다

얼마나 많은 노동이 손끝과 자루에서 여물어 가는가

나무와 쇠가 만나 일구는 밭고랑

마늘과 양파를 심고 배추와 토마토와 오이를 키운다

나는 이야기를 잃지 않으려고 씨앗을 묻는 사람이 되었지

사람이 먹을 수 있는 풀과 나무

동물이 먹는 풀과 나무가 서로 북돋우며 만들어가는 생기

나는 자연에 거주하는 모든 것을 사랑하네

손등에 옹이가 박히고

허리가 구부정하게 꺾여도

숲과 들의 나뭇가지가 푸르러질 때

노래한다, 땅을

숨을 쉰다, 하늘에서 오는 것들

날아가는 것들

웃는 것들

내 발자국에도 깊은 자루가 있다

생강나무 새순만큼 깜찍한 것이 있을까. 잎눈을 감싸고 있는 아래쪽 비늘(인모)은 비단결같이 부드럽다. 인모鱗毛는 '식물의 줄기나 잎 따위의 겉면을 덮어서 보호하는 잔털'이다. 나무는 초식동물에게 뜯어 먹히지 않으려고 털과 가시로 어린잎을 감싼다. 꽃은 산형꽃차례로 꽃자루는 짧고 역시 털이 있다. 벌들은 담방담방한 꽃 속을 드나들며 꽃가루를 묻히고 간다. 열매는 둥글게 달리고 까맣게 익는다.

나무는 살아서도, 죽어서도 쓸모가 많다. 창문이 된 나무, 문턱이 된 나무, 옷장이 된 나무, 괭이자루가 된 나무는 각기 다른 장소에서 온 것이다. 한때 생명이었던 나무는 죽어서 쇠붙이를 만나 새 이름을 얻으며 이전과는 다른 삶을 산다. 나무의 두 번째 삶이 시작되는 것이다. 요즘엔 대부분 트랙터, 관리기, 콤바인 등을 갖추고 대규모 농사를 짓는다. 예전엔 직접 손발을 놀려 짓는 소규모 농사가 많았다. 소와 연장이 필수였다. 땅을 파고 뒤집고 캐는 일에 각각의 연장이 있었다. 땅을 팔 땐 곡괭이를, 땔감 나무하러 갈 땐 도끼를, 풀 베러 갈 땐 낫을 들었다. 연장엔 크기와 길이에 맞는 자루가 필요한데 농부는 호미 한 자루를 사더라도 몇 번이나 손에 쥐어보고 샀다. 생강나무는 내구성과 강도가 뛰어나 연장 자루로 많이 사용되었다. 굵지 않아 다듬기도 좋았다. 연장을 오래 사용하면 닳거나 자루가 빠지고 날이 뭉툭해진다. 아버지는 들일 나가기 전에 자루를 돌에 대고 탕탕 내리쳤다. 그렇게 하면 서로 딴딴하게 죄어서 빠지지 않았다.

나는 텃밭 농사를 짓는데 연장이 제법 많다. 애용하는 건 호미와 삽, 삽괭이, 곡괭이, 쇠스랑 등이다. 도끼는 사용할 일이 거의 없고 낫도 일 년에 두어 번 잡는 정도지만 호미는 김매기에 빠질 수 없고 삽과 곡괭이는 땅 뒤집을 때 필요하다. 호미로 부추 옆에 꼭 부추처럼 붙어 사는 풀을 매고 나면 마치 부추의 가려운 곳을 긁어준 것 같아서 내 등도 시원하다. 쇠스랑도 좋아하는 연장인데 땅을 쿡 찍을 때의 느낌이 좋다. 흙을 뒤집어 놓으면 딱새와 박새가 온다. 새들은 울타리나 매실나무에 앉았다가 내가 잠시 돌아보는 사이 잽싸게 내려와 먹이를 물고 간다. 그럴 때면 마치 내가 새를 먹여 살리는 듯하다. 가끔 일이 없어도 연장을 잡아본다. 딴딴한 질감이 손안에 전해져온다. 어느 숲에서 왔을 나무, 아버지가 자르고 다듬어 연장에 맞게 끼웠을 자루다. 기억이 대를 이어간다.

#생강나무 새순

서어나무

숲의 무대와
관객들

The times of trees in Upo wetlands

#서어나무 수꽃

숲의 무대와
관객들

숲에선 가끔 보이지 않는 어떤 눈이 나를 보는 것 같다. 그늘짐, 혼자, 산길이 주는 고즈넉함이 확대된 정서로 연결되어서일 것이다. 숲에 들어선 순간부터 나는 이방인이다. 어쩌면 내 걸음이 숲에 사는 동식물에게는 작은 위협이 될지도 모른다. 흙과 부스러기, 이끼와 수북한 낙엽 사이에서 스미어 나오는 기척을 듣는다. 기척은 돌 하나, 나뭇잎 하나, 하나에 스미어 있다. 숲은 번득이고 깜박인다. 나를 관찰하며 숲에 들여도 좋을지 알아보려는 건지도 모른다. 긴장한 채 잠시 깊은 골짜기에 눈을 주었다가 천천히 걷기 시작한다. 겨울엔 나뭇가지 속이 훤하게 드러나고 그 끝에 하늘이 새파랗게 걸린다. 무성한 가지는 비고 이웃 나무들이 끼었던 그늘도 사라졌다. 나무의 맨살을 오롯이 볼 수 있다. 어떤 나무는 껍질이 꺼끌꺼끌하고 어떤 나무는 매끈하다. 옹이가 박히고 홈이 나거나 들뜬 나무도 있다. 손바닥을 대본다. 나의 맨살과 나무의 맨살이 닿는다. 맨살에 닿는 느낌이 좋다. 줄기를 쓰다듬어보고 나무 아래 떨어진 낙엽을 줍고 개미를 먹는 딱따구리를 본다. 그 시간은 나무에도, 나에게도 스민다. 같은 시간을 산다.

서어나무 새순은 가지런하다. 한 잎은 살짝 눈을 떴고, 한 잎은 포개어져 솜털이 보송하다. 암수한그루로 봄에 잎보다 먼저 꽃이 핀다. 암꽃은 위에, 수꽃은 아래쪽에 늘어진다. 수꽃은 분홍색으로 작은 꽃들로 졸망졸망하게 감싸여 있다. 꽃뚜껑 사이 털이 빽빽하다. 암꽃은 각 포에 두 개씩 나고 붉다. 자작나무과 서어나무속 나무는 7종이 있는데 산에서 흔하게 보는 건 서어나무, 개서어나무다. 작은 서어나무라는 뜻의 소사나무는 간혹 정원수로 심기도 한다. 서어나무와 개서어나무는 줄기와 잎 모양이 다르다. 서어나무 줄기는 매끈하지만 다소 울퉁불퉁하다. 덕분에 근육질 나무라는 별명이 있다. 운동선수의 허벅지나 장딴지처럼 단단한 느낌을 주지만 표면이 고르지 않아 건조하기 힘들고 목재 쓰임새도 많지 않다고 한다. 다만 방직용 목관木管에 쓰였다고 하니 문득 섬유산업으로 나라 경제를 부흥시킬 때 시골의 많은 소녀들이 도시의 섬유공장에 취직하던 것이 생각난다. 목관이란 거친 실이나 꼰 실 따위를 감는 데 쓰는 통 모양의 실패를 말한다. 실을 실패에 감고, 실로 섬유를 짜고, 그 섬유로 옷을 지었다. 어린 노동자는 실패가 서어나무로 만든 것인 줄 몰랐을 것이다. 어떤 나무인지 중요하지는 않았다. 소녀는 돈을 벌기 위해 섬유공장에 갔고 가족의 목숨과도 같은 실패를 잡아야 했다.

오월 숲은 밝은 초록색이다가 유월이 되면 짙은 녹색으로 우거진다.

#서어나무 열매

서어나무 잎들이 **빽빽**해지고 그 사이로 열매가 늘어진다. 마치 주먹 쥔 손에서 엄지손가락만 내밀고 있는 것 같다. 개서어나무 열매는 주먹을 쥐다가 만 것처럼 엉성하게 보이는데 열매 날개가 한쪽으로 기우뚱하기 때문이다. '개'가 붙은 탓인지 개서어나무 수피는 서어나무보다 더 불규칙하다.

수북한 낙엽 더미를 헤치며 빠르게 지나가는 생명체가 있다. 뭐지, 하는 사이 바윗돌에 앉았다. 작은 줄무늬 다람쥐다. 날쌔게 나무를 타고 오르다가 다시 내려와 주변을 살핀다. 갑자기 숲의 공연이 펼쳐진다. 가뜩이나 귀여운 다람쥐가 두 발을 내밀고 무엇을 먹는지 냠냠 한다. 오늘의 무대 주인공이다. 숲은 시도 때도 없이 공연을 열고 관객을 부른다. 나는 매번 입장권도 없이 관람하는데 어떠한 제재도 없고 정해진 시간도 없다. 누구든지 무대에 오르면 주인공이 된다. 서어나무와 다람쥐와 굴참나무와 계곡 물소리가 같이 만드는 무대다. 숲이 길고 긴 자연이라는 목관을 짠다.

🌲 용버들 ─

예술하자

#용버들

예술하자

1990년대에 방영되어 퍽 인기가 많았던 TV 드라마 〈왕룽일가〉에는 개성적인 인물이 많이 등장한다. 그중에서도 으뜸은 '쿠웨이트 박'이었다. 그는 중동을 다녀온 제비족이었고 '예술하자'며 여인을 유혹하였다. 뽀글거리는 파마머리에 특이한 억양이 인상적이었다. 용버들을 처음 보았을 때 순간 떠오른 것이 쿠웨이트 박의 머리였다. 그가 "예술하자"며 꼬드기는 것이며 꼬불꼬불한 파마머리와 춤바람 등이 묘하게 잘 어울렸다. 용버들은 구불구불한 잔가지들이 마치 용이 꿈틀거리는 듯이 보인다고 하여 붙여진 이름이다. 중국 원산으로 만주나 북한에서는 '고수버들, 곱슬버들'이라고 한다. 또 '운용버들, 파마버들'이라는 이름도 갖고 있다.

버드나뭇과에 속한 나무는 물가에서 잘 자란다. 왕버들은 말할 것도 없고, 선버들, 이태리포플러, 갯버들, 키버들 등 50종이 넘는다. 낙동강

강가의 어느 마을엔 용버들 군락이 있는데 물난리를 방지하기 위해서 심은 것이다. 장마 때마다 밀려오는 쓰레기를 감당할 수 없어 용버들을 장벽으로 심자, 풍경도 좋아지고 더럽고 냄새나는 쓰레기도 보이지 않았다고 한다. 이후 낙동강 제방이 만들어지고 용버들은 군락을 이룬 채 남았다. 용버들 군락은 논의 끝머리와 길 사이에 낀 모양새고 몸집이 커져서 빽빽하다. 뻘물로 질척이던 논은 옥답으로 변했다. 용버들 늘어지는 가지는 멋있지만, 논 주인 생각은 달랐다. 그늘이 논으로 들어가니 농부는 원수 보듯이 나무를 흘겨보게 되는 것이다. 그간도 여기저기 잘랐는지 가지가 어수선했다. 이웃 마을의 용버들도 홀대를 당하긴 마찬가지였다. 들판 쪽으로 뻗은 가지는 어김없이 베어졌다. 어느 날 그 앞을 지나는데 남자 서넛이 굵은 나무줄기에 앉아 새참을 먹고 있었다. 남자들이 깔고 앉은 나무가 바로 방금 자른 용버들이었다. 농부의 마음인들 오죽했을까마는 보는 내 마음도 쓰라렸다. 자른 줄기에서 눈물 같은 수액이 흘러내리고 있었다. 눈물에서 햇빛과 바람의 냄새가 풍겼다. 용버들이 이웃들에게 인사하느라고 저리도 힘껏 울어주는구나, 하고 생각했다.

한낮에는 시원스럽던 가지들이 밤에는 길게 늘어지며 왠지 스산하다. 건들거리는 것도 같고, 슬금슬금 다가오는 것도 같아서 등이 오싹하다. 궁금한 나머지 뒤돌아보는 순간 무서운 장면과 마주하게 된다. 갈래로 나부끼는 가지들, 잎들이 부딪치는 소리에 그만 몸이 얼어붙는다. 물빛이 어룽거리며 가지를 흔들기에 두려운 이미지가 생겨나는 것이다. 머리 풀고 우는 여인 같다고나 할까. 그러나 해가 들면 용버들 가지는 긴 머리 휘날리

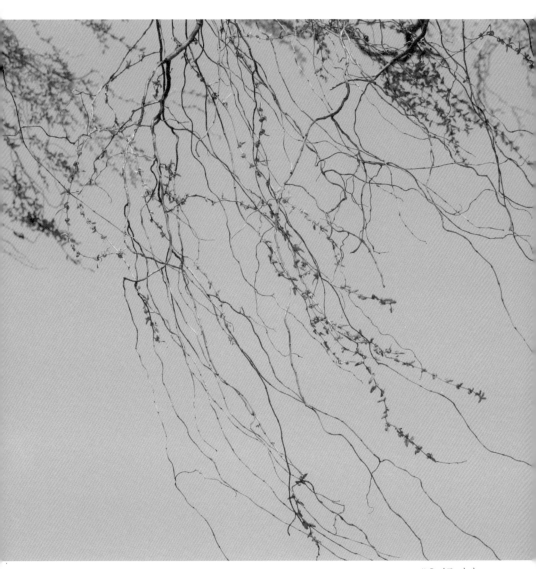

#용버들 가지

는 록스타같이 멋지게 변신한다. 이렇듯 연상되는 모습이 각가지라 볼 때마다 다른 마음이 생긴다. 바람에 낭창거리는 가지를 보면 마음이 에인다. 버들가지는 사연 풀어헤치기에 좋다. 농부는 잘 크지 못하는 작물에 마음이 에이고, 연인은 사랑을 잃어 마음이 에이고, 그 옛날 쿠웨이트 박도 마음이 에여서 뭇 여인을 유혹하였을 테지만 제 몸이 잘리는 것을 받아들여야 하는 나무만큼 에이지는 않았을 것이다. 구불구불한 용버들 가지들이 제 몸을 위로하듯이 아래로 늘어지며 흔들리고 또 흔들린다.

이태리포플러

성냥공장
소녀의
상냥한 복수

#이태리포플러 암꽃

성냥공장 소녀의 상냥한 복수

　　이태리포플러는 '이태리'가 붙었으나 원산지는 캐나다이고 양버들과 미루나무의 잡종이다. 1년에 지름이 최대 2.5센티미터까지 자랄 정도로 성장 속도가 빨라 헐벗은 땅이나 가로수로 많이 심었다. 그러나 빨리 자란 나무는 목질부가 급하게 형성되어 약하고 가볍다. 잘 부러지고 해충 피해도 쉽게 입는다.

　　이태리포플러는 자식 욕심이 많다. 날이 푹해지기도 전에 벌써 새우등같이 살짝 오므린 수꽃이 피기 시작한다. 진홍색 수꽃이 빗금 치듯이 허공을 채우면 암꽃이 피어나 셀 수 없이 많은 2세를 만들어낸다. 수분 된 암꽃은 둥글게 빚은 복주머니 같이 부푼다. 암꽃의 솜털이 비어져 나오면 날아갈 때가 된 것이다. 흔히 꽃가루라고 하지만 솜털에 달린 종자로, 종자에 붙은 솜털은 종모種毛라고 하며 바람을 타고 멀리 날아갈 수 있게 한다. 봄날 늦 가를 걸으면 어디선가 향긋한 냄새가 풍겨온다. 이태리포플러가 뱉은 봄이다. 겨울눈을 감싸고 있던 아린芽鱗이 떨어져 있다. 아린은 나중에 꽃이나 잎이 될 연한 부분을 보호하고 있는 단단한 비늘 조각을 말한다. 만져보면 끈적끈적하다. 박새 같은 작은 새들이 나무 아래를 종종거리며 다니다가 아린을 쫀다. 거기에 맛난 것이 숨어있는 모양이다. 잎은 삼각형이고 잎자루가 길어 바람에 잘 흔들린다. 어린줄기는 희고 매끈하지만 자라면서 굵어지고 세로로 갈라진다.

아키 카우리스마키 감독의 〈성냥공장 소녀〉는 안데르센 동화 〈성냥팔이 소녀〉를 현재 버전으로 만든 것이다. 소녀는 성냥공장에 다니며 엄마와 의붓아버지를 부양하고 있다. 몰아치는 바람 속에서 큰 나무가 쓰러진다. 나무는 잘리고 네모난 토막이 되어 컨베이어벨트를 따라간다. 소녀는 다림질하고 엄마는 술을 마신다. 소녀는 화장을 하고 댄스홀에 가지만 춤을 추자고 신청하는 남자가 없다. 월급에서 돈을 빼내어 새 옷을 산다. 그제야 눈길 주는 남자가 나타난다. 테이블마다 성냥갑이 놓여 있다. 소녀는 사랑에 빠진다. 콧수염 남자와 사랑을 나누고 임신한다. 남자는 '애새끼'는 지우라고 한다. 아이러니하게도 성냥공장에 다니는 소녀가 사랑한 그 남자는 라이터로 불을 붙여 담배를 피운다. 남자의 라이터가 성냥 시대가 끝나고 둘 사이도 끝났음을 보여준다. 소녀는 약국에 간다. 커다란 쥐도 죽일 수 있는 쥐약을 달라고 한다. 엄마와 의붓아버지 술잔에 쥐약을 털어넣는다. 배신한 남자의 술잔에도 쥐약을 넣는다. 소녀의 복수는 상냥했지만 실패로 끝난다. 나는 영화 속에서지만 컨베이어벨트에 흘러나오는 성냥개비들이 신기했다. 그렇게 크고 우람했던 나무가 잘게 쪼개어져서 가

#이태리포플러 수꽃

느다란 성냥개비가 되는 것이. 하지만 성냥에 바른 인화물질은 불을 붙인다. 물가에서 자란 나무가 불을 물어오는 것이다.

　이태리포플러는 한때 나무 도시락, 나무젓가락, 성냥개비 등을 만드는 공장에 납품되었다. 지금은 거의 플라스틱 용품으로 대체되었다. 우리나라처럼 배달용품이 많은 나라도 없을 것이다. 일회용품, 야외용품, 캠핑 장비는 대부분 플라스틱으로 되어 있다. 한 번 쓰고 버리는 일회용품은 심각한 환경문제가 된다. 아시아의 쓰레기가 아프리카 해변에서 발견된다든가 새들이 플라스틱을 먹고 죽어간다는 뉴스는 흔하게 접한다. 기술 발전으로 누리는 편리함을 당장 바꿀 수는 없지만 플라스틱, 일회용품을 줄이는 일은 누구든지 할 수 있다. 최근 늘어나는 기상이변을 보자면 자연은 마냥 내주기만 하다가 이제 더는 참지 않기로 한 듯이 보인다. 성냥공장소녀처럼 자연도 인류를 골탕 먹일 약을 샀는지도 모른다.

제피초피나무

엄마의
유산

The times of trees in Upo wetlands

#제피나무 잎

엄마의 유산

　　어디에라도 나무는 있다. 원하기만 하면 언제 어디서나 나무를 본다. 나무가 없는 도시, 나무 없는 시골은 없다. 출근할 때, 장 보러 갈 때, 거리를 걸어갈 때, 집으로 돌아갈 때도 나무를 본다. 내 곁엔 언제나 나무가 있다. 크고 멋있는 나무, 유명한 나무, 오래된 나무 등, 나무마다 대단한 이력과 살아온 역사가 있겠지만 나는 주변에서 흔히 보는 나무에 눈이 간다. 매일 오가며 보는 나무가 다정한 이웃처럼 편하다.

　　새집 지어 이사 올 때 엄마가 저것만은 꼭 캐가자, 해서 소중히 안고 온 나무는 제피나무였다. 산 아래 밭둑에 있었는데 채취하기 좋게 마당에 심고 싶다 하셨다. 그러나 감나무 그늘 밑이라 잘 자라지 못했고 열매도 부실하여 엄마의 근심을 샀다. 엄마가 특별히 제피나무를 아낀 건 친정 동네엔 제피나무가 잘 자라지 않는다는 것과 친정 갈 때 제피열매를 가져가

191

면 모두가 좋아한다는 것이 이유였다. 그래서 열매가 달리면 한 알, 한 알 소중히 따서 보관했다. 경상도에서는 주로 열매의 껍질을 빻아서 사용하지만 살짝 데친 제피나무 새순은 나물로 먹고 장아찌도 만든다. 향이 강한 가루는 비린 맛을 없애주기에 추어탕과 순댓국에 넣어 먹는다. 흥미로운 것은 미국의 뉴욕과 로스엔젤리스에서는 커피에 제피가루를 타서 먹는다(경남 환경교육원 자료)는 것이다. 계핏가루 넣어서 만드는 카푸치노가 있으니, 제피가루도 향긋하게 커피 맛을 배가시킬 듯하다.

제피나무는 암수딴그루로 암꽃은 씨방 하나에 암술머리가 3개 있다. 수꽃은 수술 6~8개가 꽃받침보다 길게 나와 있다. 꽃이 작아서 한참 들여다보아야 오목조목한 생김새를 알아본다. 이른 아침 오므린 꽃망울은 조잘거리는 아이들 입술 같다. 제피나무와 닮은 산초나무는 잎이 어긋나게 달리고 매끈하며 약간 광택이 돈다. 또 제피 열매는 껍질에 돌기 같은 모양을 띠고 붉지만, 산초나무는 열매자루가 붉다.

제피나무 잎의 톱니 아래에는 선점(식물의 분비조직인 기름점)이 있어 손에 닿기만 해도 향긋함이 풍긴다. 잎에다 바늘로 콕콕 찔러놓은 듯한 점들이 햇빛을 받아 반짝인다. 열매의 점들도 특유의 상쾌한 냄새를 가리키는 표시 같다. 향이 좋은 나무는 호랑나비도 좋아하여 제피나무 위를 많이 날아다닌다. 제피나무와 같은 운향과 식물이 호랑나비의 기주식물이다.

마당의 제피나무는 햇빛과 양분이 부족한 것 같아 마음이 쓰였는데 어느 날 보니 줄기와 가지가 잘렸다. 동생이 가시 많은 나무가 집 안에 있

#제피나무 새순과 가시

으면 가족 간에 다툴 일이 많아진다며 벤 것이었다. 엄마는 서운함을 내비치지 않았다. 자식들이 사이좋게 지내려고 벌이는 일이니 그냥 넘기셨던 것 같다. 자른 제피나무는 말라서 땔나무가 되어 아궁이 앞에 놓였다. 메주콩 안친 솥에서 김이 오르고 제피나무는 활활 불꽃으로 타올랐다가 재가 되어 사라졌다. 그런데 이듬해 마당 한쪽에 못 보던 나무가 자라고 있었다. 잎 모양을 보니 제피나무였다. 이제는 제피 열매가 생겨도 나눠줄 데가 없는 엄마 생각이 나서 조금 울컥했다. 집안에 가시 있는 나무가 자라면 좋지 않다는 동생의 말을 존중하여 어린 제피나무는 다른 곳으로 옮겼다. 나무가 어디에서 살건 향기는 그대로일 것이고 남겨진 엄마의 유산도 그렇다.

쪽동백나무

마음을
다해
좋아하면

The times of trees in Upo wetlands

#쪽동백나무 꽃

마음을
다해
좋아하면
다

　　　유독 마음이 가는 나무가 생기면 계속 그 나무를 생각한다. 사랑을 시작하는 첫 마음과 닮았다. 나무의 어여쁜 시작에 감탄하며 매일 만나기를 기대한다. 이게 어떻게 우연이겠는가. 그해 봄, 그 시각, 그 장소에 가지 않았다면 몰랐을 나무, 내 눈이 닿지 않으면 만나지 못했을 나무가 쪽동백나무다. 낮은 산지에서 잘 자라는 낙엽활엽교목으로 나는 근처 공원에서 보았다. 나뭇가지가 땅에 닿을 듯이 내려왔고 줄기는 검었다. 동백나무 열매보다 작은 열매를 맺는다고 해서, 쪽을 질 수 있는 기름을 얻는다고 쪽동백나무가 되었다고 한다. 추위와 공해에 강하여 조경수, 정원수로도 많이 심는다.

　　솜털 많은 겨울눈은 위로 향하며 붉은 새 가지도 위를 향하는데 묵은 가지는 아래로 내려온다. 줄줄이 피는 흰 꽃은 밑에서 올려다보아도 아름답고 멀리서 보면 겹겹이 밀리며 다가오는 은빛 파도 같다. 떨어진 꽃잎은 바닥을 하얗게 수놓는다. 열매는 비죽비죽하다. 같은 집안인 때죽나무 열매는 매끈하게 둥글고 쪽동백나무 열매는 끝이 뾰족하고 깍정이가 완전히 열매를 감싸지 않았다. 기다란 열매 자루가 음식점 입구에 달아두는 주렴 같다. 아직은 푸릇한 열매인데 누가 뚫었는지 작은 구멍이 뽕뽕 났다. 범인은 소바구미들이었다. 소의 머리처럼 생긴 소바구미는 쪽동백나무나 때죽나무 열매를 뚫은 후 거기에 알을 낳는다. 소바구미가 열매를 가로채도 곤줄박이는 걱정할 것이 없다. 쪽동백나무는 열매를 주렁주렁 달기 때문이다. 곤줄박이가 쪽동백 열매를 먹는 방법은 간단하지만 쉬워 보이진 않았다. 발가락으로 열매를 고정한 후 부리를 계속 내리쳐서 알맹이를 꺼내 먹었다. 남은 열매는 저장도 한다.

늦가을 쪽동백나무는 퍽 예스러운 분위기가 난다. 열매는 껍질이 벌어져 종자의 팥죽색이 드러나고 사방으로 뻗은 가지들은 풍성한 잎을 둘렀다. 마치 치맛단에 꽃장식을 한 드레스 같고, 도르르 말린 커다란 잎들이 한 줄로 너르게 붙어 있어 쪽동백나무만이 꾸밀 수 없는 가리개 같다. 열매껍질이 불거지면 윤나는 적자색의 종자가 드러나는데 더러 한겨울까지 남아 있다. 겨울눈은 새 가지 끝에 달리고 왠지 똘똘하고 야무져 보인다.

나는 쪽동백나무를 좋아하여 자주 공원에 간다. 잎을 손바닥에 대보고, 어떤 새가 오는지를 살피고, 흰 튀밥같이 볼록볼록한 꽃망울이 귀여워서 흔들어보고, 길게 드리워질 열매 가지를 상상하며 걷는 걸음도 가뿐하다. 나의 감각은 나무를 통해 벼리고 다듬어진다. 멋진 쪽동백나무가 있어 공원의 다른 나무들도 좋아진다. 마음을 다해 좋아하기로 했다.

#쪽동백나무 열매

팔배나무

그래서 그렇구나,
라고,
말하게 된다

The times of trees in Upo wetlands

#팥배나무 꽃

그래서 '그렇구나,' 라고 말하게 된다

봄에 피는 흰 꽃들은 참하게 둥글어서 서로를 다독이는 듯하다. 돋보이려고 제멋대로 피는 꽃은 없다. 둥그스름하게 같은 꼴로 멋스러워진다. 팥배나무 잎은 측맥이 뚜렷하고 가장자리에 불규칙한 겹톱니가 있어 강하면서도 부드러워 보인다. 겹톱니가 마치 얇고 하늘하늘한 치맛자락에 붙인 밑단처럼 보인다. 열매가 익어가는 동안에도 잎의 끝은 살짝 들떠 있다. 텃밭 건너 골목 끝 집에는 늙수그레한 남자가 살았는데 종종 파자마 바람으로 나와 땀 뻘뻘 흘리며 김매고 있는 나를 휘둘러보고 가곤 했다. 남자는 키가 작고 휙휙 팔을 내저으며 걸었고 혼자 중얼거리는 버릇이 있었다. 그래서 살짝 경계심이 생기기도 했지만, 밭머리의 팥배나무 잎사귀가 큼직하게 주위를 가리게 되자 더 이상 신경 쓰지 않아도 되었다. 남자에게는 오랜 벗이 있었다. 그 벗은 술꾼으로 인근에 모르는 이가 없었다. 언제나 취한 얼굴로 돌아다니거나 술병이 든 검은 봉지를 들고 나타났다. 연락도 없이 오는지 대문 앞에 서서 남자가 나올 때까지 큰 소리로 이름을 불렀다. 두 남자는 밭머리에 서서 담배를 피우거나 뭔가를 속닥이다가 헤어졌다. 그들은 연신 하하하 웃으며 대화했는데 듣고 싶지 않아도 잘 들렸다. 헤어질 땐 무척 아쉬워하며 손을 흔들었다. 가끔은 저 남자들은 어떻게 하여 친해졌을까, 저리도 좋을까 궁금했다. 키 큰 남자는 너스레 떨기를 좋아했는데 말끝마다 아, 이 사람아! 하고, 키 작은 남자는 아 난 또 뭐라고! 하며 맞장구를 쳤다. 둘이 크게 웃으며 인사 나누는 모습을 보면 보통 사이가 아니었다. 그건 콩 심은 데 콩이 나고 팥 심은 데 팥이 나는 것과 같은 분명한 우정이었다.

　팥배나무 이름은 팥과 '먹는 배'에서 생겨났다. 초여름에 피는 꽃은 배꽃처럼 하얗고, 열매는 팥같이 생겼다. 신기하게도 꼭 그렇다. 한여름 지나 선선한 바람이 불 즈음 열매는 땡글 땡글 해진다. 열매가 잎 위로 성큼 올라와 있어 마치 잎이 목말을 태우는 것처럼 보인다. 이런 모습은 긴 열매 자루가 있어 가능하다. 올라선 열매는 점점 붉어져서 나무 전체로 옮아간다. 열매 겉면에 박힌 작은 반점이 팥을 닮았으나 진짜는 속에 있다. 열매를 반으로 갈라서 씨를 꺼내어 보면 아 정말 팥을 닮았네, 하고 말하게 된다. 거짓말을 밥 먹듯이 하는 사람에게 콩으로 메주를 쑨다고해도 네 말은 믿지 않는다고 한다. 적어도 팥배나무는 그런 오해를 살 일이 없다. 언제나 팥과 꼭 닮은 열매를 만들기에 어김없이 진짜인 것이다. 하지만 가을에 물드는 잎을 보면 똑똑히 붉지도 않고, 부드러운 노란색도 아니어서 팥임을 증명하던 단계를 살짝 의심하게 된다. 연초록 혹은 연노랑 같지만

#팥배나무 열매

어중간하다. 중간도 아니고 어중간한 색이라서 확신할 수 없지만 왠지 산뜻하고 다감하다. 무엇에도 참견하지 않는 색이라고 해야 할까. 팥배나무는 색을 빼냄으로써 단풍의 세계를 확장하였는지도 모른다. 그리하여 제 잎사귀에서 빠지는 색도 무심히 볼 수 있다. 가벼워진 잎은 금세 파삭, 부서진다.

피나무

고요가
배어있는
방식

#피나무 꽃

고요가
배어있는
방식

갑작스러운 연락을 받고 장례식장에 도착하고
보니 아는 얼굴이 없어 난감했다. 같이 들어가기로 한 사람은 늦는다고 했
다. 기다리는 동안 천천히 주변을 둘러보았다. 칠엽수와 이팝나무가 있었
고 금목서 옆에는 피나무 두 그루가 있었다. 마침, 꽃이 피어 향기가 진했
다. 장례식장과 피나무라니 어쩐지 기분이 묘했다. 피나무는 가죽과 껍질
을 뜻하는 피皮지만 그 순간 내 머릿속에는 살아있는 사람의 붉은 피가 떠
올랐다. 피는 생명의 탄생과 죽음에 관여한다. 피가 뜨거우면 살고 피가
식으면 죽는다. 검은 상복 차림의 사람들이 화장장으로 가고 있었다. 슬피
우는 사람은 없었다. 맨 앞 사람은 영정사진을 들었고 뒤로는 젊은 사람들
이 따라갔다. 피나무 꽃 너머로 삶과 죽음이 동시 입장하는 듯했다. 피나
무는 추모와 애도의 나무이기도 하다. 염불할 때 손으로 돌려 개수를 세거
나 손목에 거는 법구를 염주라고 하는데 피나무 열매로 만든다. 그래서 피

나무를 '염주나무'라고도 한다.

피나무는 피나무과 낙엽활엽교목으로 잎은 어른 손바닥만큼 크고 많아서 속이 캄캄하다. 잎들이 나무 전체를 가린다. 잎 뒤에는 털이 빽빽하게 났고 다소 억세다. 꽃은 초여름에 잎겨드랑이에서 연한 노란색으로 모여 피는데 화사하고 아름답다. 달콤한 향기가 나서 벌들이 많이 찾는 밀원식물이며 꽃차례 아래 큰 포가 특이하다. 꽃이 그러니 열매도 독특하다. 포엽苞葉 한가운데서 기다란 열매 자루가 나오고 콩알 크기의 열매가 달린다. 포엽은 가장자리가 다듬어진 긴 타원형으로 생겨서 스케이트보드나 잠자리 날개 같다. 갓 우화한 잠자리는 날개에 아무런 색이 없다. 아직 피가 돌지 않았기 때문이다. 날개 끝까지 피가 돌아야 비로소 날아오를 수 있다. 피나무도 보드 같은 날개를 달고 어딘가로 간다. 이윽고 고요에 닿게 한다. 고요가 배어있는 방식은 산 자에서 죽은 자로 건너가는 것이다. 슬픔은 끝날 것이고 무거운 마음은 가벼워질 것이다. 두꺼운 잎들이 짐작할 수 없는 벽처럼 보여도 피나무는 달콤한 꽃을 만들고 망자가 가져갈 고요를 만든다. 잠시 지나가는 소란일 뿐 날아가는 날개 뒤에는 아무런 그림자도 남지 않는다.

#피나무 껍질을 벗기면

숲의
슈퍼스타

#함박꽃나무

숲의
슈퍼스타

어릴 때 학교 끝나면 소 먹이러 가는 게 일이었다. 아이들은 풀이 많은 곳에 소를 풀어놓고 놀기에 바빴다. 가끔 소들이 재를 넘어가면 온 동네 사람들이 횃불 들고 소 찾으러 다녔다. 소에게 이름이 있는 것도 아니어서 그저 목청껏 소야, 음매! 하고 부를 뿐이었다. 70년대만 해도 소는 집안의 재산이자 논농사에 없어서는 안 될 일꾼이었다. 논갈이며 곡식을 싣고 나르는 일이며 똥거름 만드는 것까지 소가 다했다. 그래서 소를 귀히 여겨 겨울엔 따뜻한 소죽을 먹이고 봄에는 부드러운 풀밭으로 데려가 풀을 뜯겼다. 하루는 노는 데 정신이 팔려 소를 잃어버렸다. 머릿속이 하얘지고 야단맞을 일이 걱정이었다. 골짜기 저수지를 몇 번이나 오르내렸는지 모른다. 정신없이 헤매는 중에 어디선가 향긋한 냄새가 풍겨온다. 소나무 사이로 큼지막한 흰 꽃이 보였다. 어쩌면 이렇게 좋은 냄새가 날까? 콧물 눈물 흘리며 소를 찾는 와중에도 감탄하며 냄새를 맡았던 기억이 난다. 나무 이름이 함박꽃나무라는 것은 세월이 한참 지난 후에 알았다.

함박꽃나무는 목련과에 속하는 낙엽 활엽 소교목으로 우리나라 전국에 자생하며 꽃이 함지박처럼 크다고 해서 붙여진 이름이다. 또 목련꽃을 닮았다고 하여 '산목련'이라고도 부른다. 산 중턱에 잘 자라며 나무 전체에 털이 많다. 잎의 앞면과 뒷면, 잎자루에도 털이 있어 마치 털로 향기를 싸매고 있는 것 같다. 촘촘한 털은 잎맥에도 있는데 섬세하게 박음질한 듯이 도도록하다. 꽃봉오리는 우유아이스크림 한 스푼을 올려놓은 것처럼 희고 매끄럽다. 나무가 털로 방어하고 있어도 곤충은 잘만 찾아온다. 북방풀노린재는 짝짓기에 한창이고 광대노린재 약충도 많다. 광대노린재는 알록달록한 등딱지 무늬가 화려하지만 건드리면 고약한 냄새를 풍긴다. 노린재들이 좋아하니 나도 어디, 하며 꽃잎 하나 따서 먹어보니 상큼하고 달콤하다. 꽃보다 향기를 우선으로 칠 정도지만 꽃도 우아하고 퍽 세련되었다. 열매 모양이 특이한데 진한 주황색에 가까운 적색 종자들이 촘촘하게 맞붙어 있다. 옛사람들은 아귀가 맞고 빈틈없이 일을 마무리할 때면 '여척 없다'고 했다. 함박꽃나무 영근 열매가 딱 그렇다. 여척 없이 제 몸에서 난 것들을 갈무리한다.

숲으로 가는 길에 언제라도 만났으면 좋겠다고 생각하는 나무가 함박꽃나무다. 우거지거나 홀로 있거나 관목이거나 교목이거나 상관없이 그 나무에 맞는 사랑스러운 기미를 읽지만, 함박꽃나무는 보는 순간 기쁨이 배가된다. 나만 이런 생각을 하는 것도 아니다. 나무를 좋아하세요? 무슨

#함박꽃나무 열매

나무를 좋아하세요? 하고 물었을 때 많은 사람들이 함박꽃나무라고 답한다. 누구라도 알면 그 매력에서 헤어 나올 수가 없는 것이다. 숲의 슈퍼스타라고 해도 좋다.

홍괴불나무

오케이

The times of trees in Ulpo wetlands

#홍괴불나무

오
케
이

　　'OK 민속농원'은 한때 읍내에서 가장 큰 식당
으로 흥했다. 회식이나 계모임, 연회 장소를 택할 때면 언제나 오케이가
호명되었다. 많은 인원도 수용할 수 있는 넓은 실내, 조경수로 조성된 멋
진 정원이 있었다. 나는 이름에 'OK'가 들어간 것이 늘 궁금했다. 서부영
화 〈OK 목장의 결투〉가 자동 연상되었기에 혹시 주인이 그 영화를 좋아
했거나 농원 이미지를 좋게 할 목적으로 따왔을지도 모른다고 생각했다.
서부영화는 미국의 개척시대 배경으로 총잡이들의 이야기가 주를 이룬다.
허리춤에서 가장 빨리 총을 빼는 자가 누구인지, 현상금이 걸린 사나이는
누구인지, 몇 명을 죽이고 이겼는가에 열광하는 건 남자들이었다. 영화는
목장을 배경으로 결투가 벌어지지만 OK 민속농원은 아름다운 나무와 꽃
으로 둘러싸인 한갓진 별장 같았다. 봄날에 꽃이 흐드러지게 피면 사람들
은 사진관에서 카메라를 빌려 OK 민속농원에 가서 사진 찍고 놀았다. 매

화와 철쭉, 장미꽃이 멋졌다. 농원 주변의 키 큰 메타세쿼이아, 왕자귀나무, 향나무도 늠름한 배경이었다.

　나는 OK 민속농원 가는 길에서 처음 홍괴불나무를 보았다. 5월과 6월에 잎겨드랑이에 달려서 피는 홍자색 꽃은 무용수가 춤을 추듯이 우아하고 세련되었다. 8월에 익는 적색 열매도 동글동글하여 깜찍하다. 산토끼꽃목 인동과에 속하는 나무들은 대체로 꽃과 열매가 아름답다. 올괴불나무는 겨우내 묵힌 카메라 들고 나선 사람들이 열광하며 찍는 꽃이다. 길마가지나무 역시 이른 봄날에 잎겨드랑이에 꽃이 2개씩 달리는데 연한 분홍색, 흰색으로 피다가 차츰 노랗게 변한다. 초록색에서 붉게 익어가는 열매는 아주 작게 축소한 항아리처럼 귀엽고 깜찍하다. 나는 홍괴불나무 보러 그 길을 자주 다녔다. 어느 해에는 가지치기하여 꽃이 드문드문했다. 또 어느 해 봄에는 작은 새들이 활기차게 날아들어 꽃도 어여뻐 보였다. 하지만 왕자귀나무 꽃이 만발하여도 구경하는 사람은 없었다. 긴꼬리제비나비들이 사뿐 꽃에 앉았다 날아가는 것이 그나마 덜 서운한 풍경이었다. 그사이 OK 민속농원은 문을 닫았고 나무는 더욱 푸르고 울창해졌다. 사실 나무는 문 닫을 일이 없다. 인구 소멸이니 시골의 빈집이 늘어나니 해도 나무는 누가 캐가지만 않는다면 자리를 지킨다. 간판만 남은 식당 주변이 쓸쓸해 보이지 않는 것도 나무가 멋있게 자리를 잡았기 때문이다. 그러나 언젠가는 저 나무들도 '오케이' 하지 않을 날이 올지도 모른다. 설령 그런 날이 온다고 해도 지금은, 아직은 괜찮다. 나도 오케이, 하며 그 앞을 지나간다.

#홍괴불나무 열매

히어리

눈을 뜨자
겨울이 갔다

The times of trees in Upo wetlands

#히어리 꽃

눈을 뜨자
겨울이 갔다

나무에 관한 글이나 사진을 가나다순으로 정
리하면 언제나 히어리가 나중에 남는다. 나무목록의 끝을 장식하는 나무
가 히어리다. 그러나 순서엔 끝에 있어도 계절이 바뀌면 가장 먼저 생각나
는 나무가 히어리다. 히어리가 피어야 진짜 봄인 것 같아서다. 히어리는
꽃이며 잎이며 퍽 사랑스럽다. 솜털 가득한 새순은 앙증맞은 아가 손 같
다. 하트 모양 잎은 단정하고 사랑스럽다. 총상꽃차례로 피는 꽃은 늘씬하
고 우아하다. 기품 있는 여인이 착용하면 좋을 멋진 귀고리 모양이다.
히어리는 송광사 주변에서 발견되었고 밀랍 모양 같다고 하여 '송광
납판화'『한국식물도감, 정태현』(1956))라고 부르다가 『한국수목도감, 이
창복』(1966)에 의해 명명되었고 이후 산림청 국가표준식물 목록에 올랐
다. 우리나라 특산식물로, 북한에서는 납판나무라고 한다. 히어리 꽃잎
을 만져보면 습자지처럼 얇고 색은 연한 노란빛이어서 밀랍과 닮았다. 밀

랍은 벌이 벌집을 만들기 위해 분비하는 누런빛의 물질이다. 묽은 노란색의 꽃잎을 보니 문득 70년대에 크게 유행했던 '희나리'라는 대중가요가 떠오른다. '희나리'는 '채 마르지 않은 장작'을 뜻하는 우리말이다. 희나리는 '희아리'의 비표준어라고 한다. 히아리, 하니 히어리 나무와 무슨 연관성이 있지 않을까 하고 생각하게 되는데 히아리는 '약간 상한 채로 말라서 희끗희끗하게 얼룩이 진 고추'를 뜻한다. 히어리꽃 모양은 히아리처럼 아래로 늘어지고 색도 연한 노란색에, 희끗하게 마른 고추처럼 보여서 히아리를 닮았다고 하다가 히어리가 되었을까, 하는 다소 엉뚱한 상상도 해본다.

히어리 둥근 잎은 귀염성이 있다. 가지가 아래로 처진 상태여서 커다란 잎들은 마치 꽃과 열매를 지키는 방패 역할을 하는 것 같다. 물든 잎은 연한 노란색이지만 동물에게 뜯긴 흔적이 거의 없고 봄에 펼친 것을 가을까지 지니고 간다. 열매는 초록색에서 점차 익으며 검어진다. 껍질이 딱딱하여 좀처럼 열리지 않는 특징이 있다.

겨울엔 눈이 내리고 나무는 눈을 받아서 눈을 덮는다. 히어리 겨울눈은 붉다. 눈과 눈이 만나서 겨울을 건너간다. 땅이 얼고 매서운 바람이 몇 차례나 지나가야 해가 바뀐다. 추운 겨울을 나려면 눈의 감각이 중요하다. 나무가 겨울눈을 만들어 봄이 오기를 기다리듯이 사람도 다음 계절을 이어갈 겨울눈이 필요하다. 그 눈은 운동과 여행, 취미생활 등이 있겠지만 나의 겨울눈은 밀린 책 읽기다. 보물단지 속 보물을 꺼내듯이 한 권씩 읽으며 희열을 느낀다. 빛나는 문장들에 탄복하지만, 어리석은 비교와 찬양

#히어리 열매

은 하지 않는다. 열매 한 알만이 마음 안에 박힌다. 히어리처럼 얼지 않는 눈을 가지게 된다. 눈을 뜨면 겨울은 가고 없을 것이다. 눈뜬 자리에 어여쁜 꽃이 피고, 나는 눈이 녹은 자리에 무엇이 나는지 자세히 볼 마음을 얻는다.

사유악부 산문선 02

우포늪 나무의 시간들

초판1쇄 발행 2024년 10월 30일

지은이 손남숙
펴낸이 이지순

편집 성윤석 **디자인** 디자인무영
제작 뜻있는 도서출판
경남 창원시 성산구 중앙대로 228번길 6 센트럴빌딩 3층
전화 055-282-1457
팩스 055-283-1457
이메일 ez9305@hanmail.net

펴낸곳 사유악부
(사유악부는 뜻있는도서출판의 현대문학 임프린트입니다)

ISBN 979-11-985307-9-0 03810

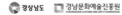
이 도서는 경남문화예술진흥원 2024 지역문화예술육성지원사업에
선정되어 제작되었습니다.